新主妇生活

我在日本这一年

王小卓 著

南方日报出版社
NANFANG DAILY PRESS
中国·广州

前言

写给正在国内养尊处优的你

最近听日本朋友说有位刚从国内搬来的妈妈，一个人带着两个儿子在这儿上国际学校，和朋友的孩子一个班。朋友说：“她刚来，日语不会，英语不好，环境又不适应，很是郁闷，你也是这么过来的，你多陪她聊聊。”

语言不通还在异国他乡独身带着孩子上学？一位文化程度一般却努力上进，甘愿为孩子付出全部的陪读妈妈形象跃然眼前。好啊，这种帮助同胞的差事，我总是义不容辞的。

过了几天，一个上午，咖啡馆，玻璃杯，阳光在杯中荡起波纹。我正盯得出神，朋友轻声一句：“来了。”我一抬头，火红的头发，白皙的皮肤，黑色眼镜框，一身运动装，赫然出现在我眼前的分明是一个校园里的潮妹。我小吃一惊，眼前的她朝气蓬勃，好像并没有朋友说的那般郁闷，也颠覆了我脑海中她本来的形象。她真的需要我的帮助吗？

我起身，握手，轻声道："你好。""你好！"她爽朗地大笑，不见外地坐下后，话匣子就打开了。

"哎，你知道我现在有多辛苦吗？"不加寒暄，她直奔主题，"我一个人在这带着两个孩子啊！每天接送他们上学、放学，还要买菜做饭，打扫房间！"

这不是很正常吗？

"我可从来没受过这种苦！两个孩子在香港出生，回内地后父母都来帮忙，还请了阿姨，孩子从生下来就和阿姨睡，反正我也没有母乳……孩子满月后我就去上班了，还是上班有意思啊，每天可以和闺密逛逛街，吃吃饭，按时下班，回去吃喝都准备好了，再陪孩子玩玩就睡觉了！"

嗯，我懂。

"本来在国内好好的，可最近越来越多的食品安全问题、环境问题、学习压力等各种问题，正好孩子到上学的年龄了，我们想着要给孩子一个更好的学习生活环境，于是计划出国。"

"找了个机会出来，可谁想到来了后竟然这么苦！老公还在国内开公司，我在这还没有工作签证，也不能请父母长期过来。上个月，爸妈以旅游签证过来了一趟，这一个月哪都没去啊，天天在家帮我包饺子包包子卤肉然后全部冷冻，我现在就指着这些吃了！"

我无言以对。

"我觉得我现在简直就是在浪费时间！每天就是伺候俩孩子和做家务！下个礼拜学校放秋假，我要赶紧回国休息一下，我最近连一个懒觉都没睡过！"

看着眼前翻动的红唇，厌恶之词差点脱口而出，然而时间突然在此刻停滞，有一刹那，我讽刺地看到了自己曾经的影子：以高尚的工作追求之名，理所当然地享受着父母的照顾和保姆的操劳，内衣内裤不愿洗，锅碗瓢盆不会碰，东西放哪不知道，孩子怎样懒得问……多么典型的现代都市女白领的生活写照！可是我们丝毫不以为耻，因为我们有充足的理由——我要工作啊！我们甚至反以为荣——这些琐事哪里值得本宫亲力亲为！

是啊，工作忙，是说出去全天下无人敢抗议的理由。

可是，工作忙又怎样？《论语》有言："四体不勤，五谷不分，孰为夫子？"《三字经》曰："首孝悌，次见闻。"连做人的根本都忘了，所谓的"工作"不过是空中楼阁、七彩泡泡，经不起推敲，一触即溃。

工作，本是一种高层次的需求，是为了更好地实现自我价值，更好地造福于社会。可如今，我们却常常为了工作忘记了根本，失去了自我，忽略了家人，被卷入工作这个大旋涡，还乐此不疲地越陷越深。于是，工作变成了对生活的逃避，变成了自私的个人追求，变成了最好用的借口，变成了自欺欺人的享受。

更可怕的是，不仅我们，连深爱着我们的父辈亦是这样认为。如今有哪个父母允许儿女丢了工作去带孩子？哪个父母不是在"工作"这两个沉重的字眼下为子女背负着重担？

可是，这样真的对吗？

现在的我会说，身为一个完整的人，须先有做人的德行，具备基本的生存技能，方能立足于世，此之谓"德才兼备"；身为一个女人，更应清楚自己的本分，摆正自己的位置，方能修身齐家平天下，以柔克刚，此所谓"阴阳之道"。

看着对面的她美丽而天真的大眼睛，我想说：我不认为你现在是浪费时间，相反，我觉得你以前才是在浪费时间。

是的，你将青春献给公司，献给别人，献给逛街吃饭做指甲时觉得爽，而现在，你有机会锻炼自己，有时间陪伴孩子，有条件修身养性时你却觉得浪费？

你可知道，扫地煮饭洗衣服，本是多么平常的家务事，这里的主妇天天做，她们能做得行云流水有条不紊，甚至能做到开班授课吸引者众，你凭什么在这里大呼小叫？孩子是你生的，对他而言还有谁比妈妈更亲，而你却把这天生的缔结拱手让人，还在这里自鸣得意、展示炫耀？父母可以陪我们一时，陪不了一世，你却把这当成天长地久、理所应当，可说到底应该是谁帮谁卤肉做饭包饺子？你没睡好才几天，我告诉你，从我当妈妈的第一天开始就已明白从此不会再有好觉睡……

这些话在我的脑海里翻了几番，却未曾说出口，一年前的我与眼前的她又有多大分别，我又有什么资格在这里说教别人？然而此时此刻，已习惯于主妇生活的我听到这一席话时，却被震撼了，不仅震撼于曾经和她一样的，也震撼于现如今我自己的改变。

所以我也感谢她，让我猛地有了出书的冲动。我真的很想把我这一年多在这里发生的变化告诉你，告诉正为工作忙碌的你，告诉正对老人指手画脚的你，告诉正沉迷于自己小世界的你，告诉正在国内养尊处优的你：在一衣带水的东瀛，生活也可以这样。

目录

第二章 文化体验

第三章 亲子课堂

第四章　“公主”诞生

第五章　人在旅途

引子 缘起

那一年，老公被公司重用，即将去往日本工作，而我，却面临着是独自留在职场上孤军奋战，还是离职同去相夫教子的抉择。做这个决定并不容易，尤其是在一个以事业成功论英雄的时代，在一个“家庭妇女”不受待见的国家，在一个从小被教育“靠男人可耻”的家庭，在一个没有父母没有保姆即将独自持家的征程开启之前。

抛开所有的外界影响，我问我自己：你想要什么？什么对你最重要？

从小到大，我走着一条标准的中国式好学生的道路，也算是身边很多人的榜样。可是，亲爱的，还记得你周游世界的梦想吗？还记得你压在箱底的笔墨纸砚吗？还记得你落满灰尘的琴键吗？还记得你停滞在几年前的日记和你未完成的留学梦吗？甚至，还记得你儿女双全的心愿吗？

原来，我还有这么多未实现的梦！再不做，真的就老了！工作有一辈子的时间可以继续，而有些事，现在不做或许真的就没有机会了。

2012年夏天，我离开了深爱的工作，举家东渡扶桑。一夜之间，突然觉得自己像被掏空了一样，一无所有；一夜之间，突然发现原来除了工作、工作、工作，我什么都不会。

这一年，当我脱下职业装戴上围裙为家人准备一日三餐时，我忙乱；当我没有了保姆，挺着大肚子跪在地上刷马桶时，我心酸；当我的夜晚以哄孩子睡觉代替了卡拉OK、晚宴活动时，我彷徨；当我终于鼓起勇气宴请宾客却被“善意”指点茶叶不净、咖啡太淡时，我尴尬；当我出门不懂语言，昔日的公关人如今吃起哑巴亏时，我终于忍不住泪如雨下。

可是突然有一天，我的家被打点得整洁美丽，中西料理齐全，成了朋友聚会的首选；有一天，我的家重现琴声叮咚，珠落玉盘，婉转缠绵，不绝如缕；有一天，我的“王婆豆腐”声名远扬，居然开始在岛上开班授课，众人追随；有一天，我由国际俱乐部的学员变为老师，在学习日本花茶书道之余开始教授中国结中国菜，自豪地传播起了中华文化；有一天，我通过了日语等级考试，可以带着家人游走于日本关西各地了；而最重要的一天也终于来临：我的女儿出生了！

我修身养性，静心持家，日日反思，不再需要外界的声音来刺激自己，同时，此地的安宁祥和也的确屏蔽了诸多厮杀和攀比。看着身边的主妇们，感受那种安宁的心态，学习那份坚持与担当，影响就是这样的潜移默化。在日期间，妈妈曾一度来伺候月子，当她惊讶地发现如今的女儿已今非昔比，大事小事家事外事她竟一点也插不进手时，不知是否还会为我当初的辞职而气急败坏。

如今想想，如果这一年我没去日本，我的生活又会是怎样？会有什么变化吗？会继续沉迷于工作中的世界，继续执着地扮演其实并不擅长的角色吗？会继续和同事的老公、同事的朋友厮混，然后让孩子继续和同事的孩子一起组成同事二代将公司文化发扬广大吗？我会继续忙到疯掉，忙到累倒，忙到忘掉其他所有的美好吗？

当然，在曾经的职业高度上，我也永远无法超越他人。但我可以做到的，是无愧我心，去开拓生命的广度。

我承认，我并不是一个能很好地平衡工作和生活的人。我甚至觉得所谓的平衡是不可能的，凡事都一定有主次之分。因此，我打心底里崇拜那些既能干好事业，又能照顾好家庭，还能继续发展自己兴趣爱好的人。如果你正是这样的人，里外都是一把手，早已看遍了大千世界，终于回归到眼前生活，那我这本书在你面前就太自惭形秽了。

可是如果你也碰巧和我有着共同的经历，共同的感受，共同的纠结，共同的期冀，那就让我们互相勉励，互相支持，共同勇敢而坚定地走下去吧。

我并不想说服你放弃工作，更不敢要求你变身主妇。我只是有所期待：期待事业有成的你回家能给正在烧饭的太太们一个拥抱，期待职场女强人的你回家能给带孩子的老人们一个微笑，期待终日加班的你周末能陪自己的爱人逛逛街，期待忙于应酬的你能抽空给孩子做顿饭，期待空中飞人的你哪一天能哄自己的孩子睡个觉……期待当你谈到主妇时，眼角不再流露出鄙夷和偏见，心中多一份理解和尊重。

家庭主妇，不该是低人一等、被看不起的代名词，它是一个选择，一个无比勇敢的选择，也是一份职业，一份甘心奉献的职业，更是一种追求，一种对生活艺术的追求，对家和万事兴的追求，甚至对个人梦想默默坚守的追求。

而你若正好也是主妇，我只想握住你的手告诉你：世界上还有很多女人和你一样，陪着你，分享着你的喜怒忧愁。但或许也有些不一样，因为真的有那么一群主妇，能把家事搞得服服帖帖，把子女养得健康快乐，自己充实得忙忙碌碌，老公敬佩得五体投地，朋友谈起时无一不赞；她们不仅能干，还永远善良助人，勤奋做事，谦逊礼貌，不断成长；她们有时也挫败，有时也怀疑，但她们娇小的身体里始终有一颗坚韧强大的心，支撑着、鼓励着她们，迎接每一天初升的太阳，温暖每一晚入睡的灵魂。

在此，感谢一直支持我的老公，陪伴我的孩子，还有总是无条件理解帮助我的父母。感谢在此地遇到的每个主妇朋友，感谢每天阅读我博客的你们，你们的留言与鼓励是我继续前进的最大动力。

此情此文，与你我共勉。

决定

我曾经和中国99%的工作妈妈一样：每天理所当然地上班，理所当然地让父母帮忙带孩子，桌上理所当然地摆着饭菜。每天在上班、下班、陪孩子、吃饭、加班、睡觉间循环往复。常常抱怨工作太忙，睡眠不足，但至少人前光鲜，人后稳定。

一切就这么理所当然了二十多年：刻苦学习，努力练琴，考上一个好大学，找到一份好工作，嫁给一个好老公，生出一个胖小子……什么时间做什么事，而我竟然都一一按部就班地做到了，也做得不差，所以也能勉强称得上周围人的标准楷模吧。老公是我公司的同事，身为公司的夫妻档，我们因此有了更加一致的价值观和志向：理所当然地要为这家公司奋斗终生。

记得那一天，我正在外地拍摄刘翔的广告，突然接到老公的电话："老板要派我去日本了……你说，去不去？"我一下没回过神来，身边的飞人为了一个镜头仍然一遍一遍地奔跑着，正如我的生活，就像在这个跑道上不停地跑啊跑，却始终跑不出这个圈。而日本，应该是要脱轨十万八千里才能去到的地方吧。

安分听话是我从小被灌输的价值观，很少去反思目前这种理所当然的状态有没有问题，可是此时此刻，我的心底分明就被这句话激起了涟漪，一丝按捺不住的冲动，和一种终于有机会脱轨的快感让我在迟疑十秒钟后脱口而出："去！我和你一起去！"

说这句话时我没有想太多，也不知道这到底意味着什么。接下来的几天我相继收到了更多的消息，总结下来最重要的两条是：第一，我可以同去，但必须离开公司；第二，我可以不去，但老公不得不去。

换句话说，选择任何一个都意味着失去另外一个：是放弃想为之奋斗终生的工作，还是要与期待相伴一生的伴侣分开？这对我而言根本就是无解的题目，它来得太过突然，让人措手不及，而且，两个都是一辈子的事，你说让我怎么选？

走过了一年回过头再看，反倒庆幸当年做的那个决定了。其实想想并没有那么难，只需要清楚什么更重要，什么更不能错过。感情和事业哪个更重要？我认为经历更加重要。老公和公司哪个不能错过？我认为机会不能错过。

听上去逻辑好混乱，可你仔细想想就是这个理啊：我们这一生到底要为谁而活？为父母，为老板，为老公，为孩子，为朋友吗？我们到底想要什么？那些所谓的成功标准，真的能让你我内心满足吗？一直以来我们如此这般地努力，到底是为了终有一天过上这种理所当然的生活，还是为了实现自己想去经历更广大的世界的愿望？

而机会正是自己最不能控制的东西。很多时候"得之我幸，失之我命"，而面对一个其实在内心已等待良久的时刻的到来，还有什么理由say no！

整理清楚思绪，再做决定时便轻松了许多，但同时也需要做好充分的心理准备，迎接各种不解、反对，甚至嘲讽。尤其记得我把这个决定告诉妈妈时，她老人家的愤怒是难以言喻的。其一，她无法忍受她独立自强的女儿从此要靠男人吃饭；其二，她绝不认为她娇生惯养的女儿从此能够挑起家庭的重担。看，这就是妈妈眼中的我们，在某些方面独立得让她骄傲，在另一些方面却娇气得让她心痛！

可是，我终于坚持了一次。三个月后，我离开了公司，离开了中国，带着两岁半的儿子，和老公一起走了。全部家当共有八十一个纸箱。那时的我还不会七十二变，该如何面对这八十一难？在海峡彼岸等待我们的会是一片艳阳还是暗流涌动？请君期待。

机舱中的啸啸

启程

这一天终于还是来了。怀着无比复杂的心情办完离职手续，抱着箱子走出承载了六年青春的公司。这里，藏着我曾经最年轻最张扬最疯癫最投入的岁月，而如今一切终将过去，变成轻描淡写的一句话，浮光一瞥，便过去了。

启程前一天我送走了爸爸妈妈。为了帮我带孩子，妈妈提前退休，毅然决然地离开她准备奋斗终生的工作、熟悉的环境来到我们的身边。一年多来，我们无数次以工作繁忙为借口，以加班开会为理由，逃避着为人父母的职责，享受着理所应当的照顾。

依赖着她，却不敢正视她早已憔悴失望的双眼。而其实我的心里很清楚，清楚自己的责任，更清楚妈妈的不易，只是我实在力不从心。工作像一个大旋涡，早已把我卷在其中无法逃脱，哪还容许分身扮演其他角色。然而这一次，对我，对妈妈，或许都是一个新的开始。

我告诉妈妈，公司有规定，父母不能同去。

无论真假，我只是不想让她再跟着我们受累受缚，我想还她本该属于她自己的生活，我想借此机会学着长大和独立，尽管都有些晚了。就算我已不知廉耻地靠了她这么些年，就算她现在根本看不上我在生活中做的每一件事，我仍然希望在未来的某一天，她能彻底对我放心，真心为我骄傲。

说出这句话时，妈妈的眼睛暗了下去。这就是中国的父母，80后的父母，为子女无私到底的父母。就算是自己受累受气，只要是在孩子身边，只要想到在帮孩子做事，就顿时找到了人生的意义，就感到了无上的荣光，然后痛并快乐地继续下去。而若某一天不能继续时，无论什么缘由，他们都会立刻感到容颜扫地，如坠深渊，不被尊重，他们会痛苦地问你、问自己，为什么，为什么？

因为，我们需要改变。

我答应妈妈，以后一有机会一定会把她接过去看我们。就这样，为给我们饯行，加上带妈妈回家，老爸也专程从老家赶来，和我们见上了离别前的最后一面。他开着那辆陪伴了我们两年的途胜，载着妈妈走了，终于消失在我们的视线中。

第二天，我们收拾好随身行李，看离去机场的时间还早，就安静地坐在这个已经空空如也的房间里，看着时光如电影般流逝：结婚时买下的房子，一晃五年，光阴如梭；从装修、搬家、整理、清洁、做饭，当年无一不是我们两个人亲力亲为；从一开始的小两口的日子到如今的有老有小有保姆的一大家子人，墙上不断增加的照片诉说着这个家的成长；从最初对这个房子的事必躬亲，到后来对这个家的彻底放手，我不知道是该说我越来越爱岗敬业了还是越来越逃避责任了。无论怎样，这是我们的第一个家，墙上的大红喜字依稀，我们就要与它道别，再相见时不知何年，心中难免伤感连绵。

终于，第一次一家三口独立出行。没有太多亲朋好友相送，只在机场拥别了最好的一位闺密，转身走进安检，再转身，已是另一片天地了。

2012 年 8 月

第一章 初到日本

新家

来日本的第二天，就参观了新家，我被耳闻已久的自动化与整洁不小地震慑了一下。

简单来说，家中的设计只要机器能做到的一定不让你手动，就算非得手动也配以滑轮、杠杆等辅佐，省时省力。这样做出的效果绝对标准美观。难怪二十年前这个国家就拍出了《机器猫（哆啦A梦）》这部动画片，让全世界对日本人的科技与想象力叹为观止。

从每个窗户开关的角度，到保持浴缸水温的盖板，再到调节灯光明暗的遥控器，还有巧妙隐藏在墙角的自动浇花洗车系统，先进高效且整齐美观。日本的人力成本很高，所以各种家事都尽量靠家庭成员自己完成，也正因此，他们制造的东西正是以让自己的家人更轻松更美好地生活为出发点，以实现全面的家居自动化为目标的。

一进门，迎面而来的是桌上摆着的两包精美的礼物，据说这是屋主送给我们的见面礼。除此之外，屋主还给我们留下了透明高脚酒杯六个，西式餐盘六套，日式食器（包括托盘、筷子、筷架、碗、杯、盘）六套，茶具两套，未开封厨浴用品若干，白色毛巾浴巾两箱……每一件都如新买的一样，大小规整、排列整齐地陈列在柜橱里。

刚看到时我竟然觉得这些物品太占地方，想让中介搬走，结果几天后，我们自己的行李到了，当搬运工人帮我们逐一开箱拿出时我都不敢相信：原来自己不远万里带来的家私用品比屋主留给我们的二手物品要差太多了！当布满多年风尘油渍铁锈的铁锅高压锅等炊具一露面，我真想让他们别再开箱了，直接运回去算了。

有人要说了，那是因为日本的房租贵啊，我要是房东，能把东西准备得比这更好呢！真的吗？

首先，是不是所有事情的好坏都必须直接和金钱挂钩呢？给钱就做，没钱就不做，多给多做，少给少做？听上去好像没错，但难道除了钱就没有别的原因值得你去付出吗？这个想法本身是不是就太过短视和物质？

其次，就算多给钱了，我们就能做好吗？是不是还有人想继续削尖脑袋地再多赚一点，或者搞搞挂羊头卖狗肉的勾当？

再退一步，这里的一套别墅的价格，拿到新加坡只能租100平方米，拿回国内能租到200平方米，所以这里的房租真的贵吗？

这天，陪我们过来的中介一直都在我视线以下的范围移动：猫着腰，跪在地上，爬过来，爬过去……家里的地板啊，真是愈发干净了！

虽是初来乍到，这个新家却给了我别样的感动，这种感动来自注重细节的人性化设计，来自中介友善而礼貌的陪伴，来自邻居们推开房门的微笑，还来自窗外疯长的灌木丛，仿佛正伸长脖子窥看着新主人的模样呢。

2012年8月

垃圾该怎么扔

日本的垃圾分类之复杂我是早有耳闻，但若不是眼见怎么也想象不到竟能复杂成这个样子。

那天一进门，桌上除了礼物，旁边其实还赫然立着一张“垃圾分类表”，难道这也是见面礼？

拿起来仔细一读，吼吼，什么见面礼嘛，明明就是下马威啊！总共六种垃圾，每种垃圾有相应颜色的垃圾袋，不同颜色的袋子在不同的日子收集；每天早晨6—8点为丢垃圾时间，过时不候；同时，每月每家还需要轮流值日清理小区的垃圾站……

好夸张！我惊呼，真是不作死不会死吧！不过难道真会有人严格遵守？

星期四，收可燃垃圾的日子到了，为了扔垃圾还得早起！6点半，无情的闹钟把我吵醒，我愤怒地将它打倒，然后倒头继续睡；7点，闹钟再一次响起，我再一次将它打倒……如此反反复复，直到7点半，闹钟的持之以恒终于起了作用。

睡眼惺忪蓬头垢面地披上件衬衣就出门丢垃圾。从家门口到垃圾桶有两三分钟路程，这期间我见到了隔壁的欧巴桑正戴着手套修剪花草，斜对门的年轻主妇正妆容整齐地准备送孩子上学，邻居家的泰迪狗被拴在栅栏边，正兴奋地冲我狂吠。我没好气地：叫什么叫，回去叫你主人扔垃圾吧！

迷迷糊糊地走到垃圾站，大门敞开着，里面果真摆满了一个个蓝色的可燃垃圾袋。我揉揉眼睛：真的，干净整齐，大小一致，如同超市里的货架一般。

天哪，这是扔垃圾还是上超市啊！低头看看自己手中的垃圾袋，重重的像个麻袋，倾斜的一角还在滴水，赶紧，赶紧找个地方藏起来！

正在这时，迎面开来一辆车，在垃圾站前停下，车上跳下几个矫健的身影，脖子上缠着白毛巾，手上带着白手套，笑容满面地朝我走来。哎，大叔你们想干什么，我不认识你们啊……

走到了跟前，他们突然齐刷刷地站住并向我鞠了个躬，微笑着齐声高喊"O ha yo go za yi ma su！"（早上好！），然后在我惊魂未定的眼神中继续向前，径直走近垃圾箱，开始运送垃圾上车。

原来如此。

汗颜。看他们的气势，仿佛正在走向战场，他们的微笑，顷刻能融化最坚硬的人心。他们用手，将一袋一袋的垃圾送上车，摆放整齐，最后，把我手里的垃圾也接了过去，再认真地捎上一句"A li ga do！"（谢谢！）。阳光下，晶莹的汗水落到了他们脖子上的白毛巾上，白得胜过我的洗脸毛巾，白得刺得我眼睛生痛。

我当即赶去超市，买回六套垃圾袋，六个垃圾桶。

想起高晓松老师曾经讲过的一个故事：有一年在日本举办摇滚音乐

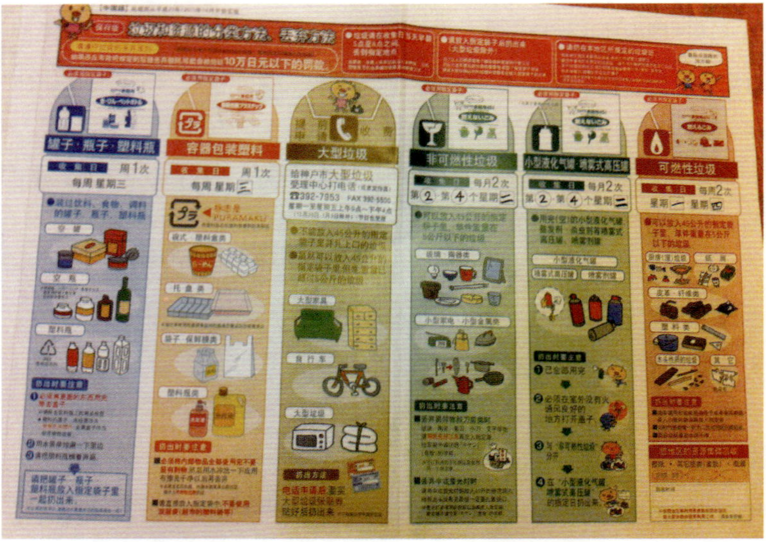

垃圾分类表

节，一个大草坪上，几千个摇滚迷从全国各地赶来，大家铺开地垫，拿出啤酒开始了彻夜的狂欢。凌晨两点半，party结束，只见全场几千人起身后，开始自觉地收拾垃圾！然后，全场几千人，开始默默地排队扔垃圾！六种垃圾，六条队伍，无一人例外，无一个垃圾漏网。

你想象一下那个场景，高晓松老师说，那是一个多么“可怕”的场面：凌晨两点半，刚刚经历几个小时狂欢的摇滚青年们，现在每人手上拿着各种垃圾袋，老老实实地排着队，一丝不苟地等着扔垃圾。只见刚刚满场乱飞的啤酒瓶、便当盒，以及遍地散落的金属碎片，顷刻间销声匿迹，仿佛什么都没发生过一样，草坪回归到最初的平静。

在我们看来无比头痛的事情，他们却早已烂熟于心。有一次，我去日本朋友家做客，看着她一边聊天一边拿出剪牛奶盒的专用剪刀，把一个喝完洗干净的牛奶盒沿棱剪开、平铺，立体的盒子立刻变成一张平面的纸板，接着转过身去从抽屉里拿出一大摞几十个已经平铺好的纸板，把最新的这个摞上去，共同放到“可回收类”的角落。一切行云流水、风轻云淡。一边做，一边继续陪我们喝茶聊天。

若不是亲身体验过，很难相信这是真的。但只要真正经历过，那种整个民族的干净、礼貌、自觉、纪律与严谨，绝对震慑人心，令人永生难忘。

从此以后，那张垃圾分类表就一直贴在冰箱上，成为我们家使用频率最高、时间最长的一张表。甚至以后每次买东西之前我都会神经质地思考：这个东西属于哪种垃圾呀，用完该扔哪啊？由此倒是对我的消费欲控制了不少，真是意外之获啊！

2012 年 8 月

没有垃圾桶的『干净』

今日从酒店搬去新家，还没走两步啸啸就嚷累了要抱，为了拖延时间我灵机一动，把手里的一个包装袋递给他说：“把这个扔到垃圾桶妈妈就抱。”

万万没想到啊，从酒店到新家将近半小时的路程，一路上竟没有一个垃圾桶！可怜的啸啸就这样冒着大太阳无比认真地找了一路，可惜垃圾桶没找到，家到了。

没有垃圾桶的干净，是多么可怕的干净！

还有，猜猜在这里什么算垃圾。

一个中国朋友讲过一件事：一次他在日本坐电车，坐在一个妙龄少女的对面，妙龄少女长发披肩，眉宇清秀。朋友花痴般地老看人家，只见她不自觉地撩了一下头发，顺手带下了几根长发，朋友正看得如痴如醉时，那女孩突然把几根头发默默地放进了包里……

朋友当即差点晕倒，什么，原来在公共场合几根头发也算是垃圾！这种要求也真是绝了！

一个人能容忍办公桌上的灰尘，他就能容忍工作的不完美。干净和贫富没有必然关系，而和追求完美有关。他们为什么爱干净？因为他们眼睛里无法忍受脏，他们也无法忍受不完美的事物，他们总想把事情做得完美一些。他们也会把这个习惯传给孩子，于是他们的孩子也就比其他孩子更追求完美，所以将来他们也可能会更有出息。

所以，他们的干净是全方位的干净。不是几个人的行为，不是面子上的干净，不是自扫门前雪、到了公共社区就无所顾忌的干净，更不只关乎干净本身。

他们出门前先准备好垃圾袋，买东西前先检查下这是哪类垃圾，瓶瓶罐罐用完后总是先刷干净再体面地丢掉，纸盒纸箱报纸要先拆开铺好绑成一沓再整齐地扔掉。我想，当随手处理垃圾成为习惯，时刻保持干净成为本能，当“干净”超乎表面的干净，而成为对自身的严格要求时，我们，或许也会有不需要垃圾桶的一天。

2012 年 8 月

故友重逢 偶遇知音

昨天再次带着啸啸来到小河边，他三下五除二地脱掉衣服便跳进水中。不到三岁的他虽然还不怎么会游，却也不再怕水，走来走去，玩东玩西，容我偷得浮生半日闲。

小河对岸就是这座岛的标志性建筑——宝洁大楼，在蓝天白云的映衬下显得更为挺拔壮观。我想到自己跟她的半生缘，想到今后可能没机会同她再续前缘，心口还是有种难以释怀的痛。正午时分到了，从大楼里走出来一批又一批挂着工牌的同事前去吃午餐。隔着小河，我们就这样互相对望着，彼此羡慕着，不知谁是谁的白月光，谁又是谁的朱砂痣？

叹了口气，突然看见我的一位前同事，结婚后来到日本的Victor正朝这个方向走来。我一时特别激动，隔着老远便挥手喊他："老V真是你啊！这里怎么样？"哎呀妈呀，你知道我是多久没跟除了老公儿子之外的人聊过天了吗！

此时此刻，即使是他那非常别扭的香港普通话，也变成了无比悦耳动听的乡音。

在外企待久了，中英文掺着说话的臭习惯还没改，另一位妈妈听到了我们刚才的交谈，等Victor走后便主动过来打招呼："Hey，you speak English?"啊，英语啊！终于有人会说英语啦！我的兴奋再升一级，把憋了足足七天的话全都倒了出来，说得酣畅淋漓，面部抽筋……

她叫Tracy，美国人，有两个儿子，分别是五岁和三岁。四年前她辞掉美国高管工作，摘掉金领光环，随夫被遣派于此，从此开始家庭主妇生涯。一开始她相当不适应，当眼下的平淡琐碎替代了昔日的光鲜张扬，当尿布奶瓶取代了聚会狂欢，她花了整整一年时间去调整和适应。如今她的眼睛中闪烁着友善热情，举手投足间依然干脆利落。她爱家人、爱孩子，也爱自己，她是典型的西方独立女性，即使身为主妇，依然骄傲自信、我行我素。她已把目前的生活管理得井井有条且不失情调。问她秘诀是什么，她说，尽力拥抱变化，坦诚面对自己，对一切充满希望。

比如，来日本半年后，第二个孩子的突然来临一时让她六神无主，觉得自己刚刚调整好的生活节奏又要被打乱，她灰心丧气，左右为难。后来，她认识并承认自己的挫败，向丈夫如实坦言自己的无助。于是夫妻俩一起商量许久后决定：保孩子，请保姆。"我们接受老天的安排，勇敢面对生活的改变。"她微笑道。

而请保姆，在日本可是件离经叛道的大事。这个社会对主妇的期望就是她需要独立搞定所有家事，无论多么辛苦，都是你应该做的。如果你实在自己搞不定需要外援时，那必是带着一颗无比愧疚和感恩的心，毕恭毕敬地"请"人来帮忙，嘴上还得一直挂着"真是不好意思啊，给您添麻烦了"之类的。即便如此，如果家里太过脏乱孩子又没有教养的话，人家嘴上不说，心里一定会暗暗责备这家的女主人懒惰无能。

好在她是独立的美国人，才不想受制于日本文化的束缚，也不屑于学习日本主妇的隐忍，她直接上网发广告找保姆！没过多久，成功招到了一位，还是菲佣！哈哈，这下什么文化语言的障碍就更不存在啦！

前两天，她刚好带着孩子休假回来，老公还在外国出差。因为现在还是学校假期，岛上的外国人都还度假未归，她也找不到人讲英语，见到我便如竹筒倒豆子一般，估计她也是憋坏了吧。

跟她的对话让我觉得，一个女人是否成功是否幸福，不只是看她在哪工作，而是在于她是否愿意面对自己，是否一直对生活满怀期望，她的内心是否平和富足，她的灵魂是否独立自由，她有没有“爱”的能力去好好地爱自己，然后爱别人。

经美国妈妈Tracy的介绍，我得知岛上有个国际俱乐部，专为外国人（主要是外派人士的太太们）提供帮助和服务。按她的指引我直接冲了过去……看完俱乐部的简介和课程后，我简直忍不住想大叫：“I’m home！”Yes，I’m finally “home”！我顿时找到了那种久违的、迫切需要的归属感——社会的归属感。

我可以不上班，但不能没事做；我可以不工作，但不能不成长；我可以安分守己相夫教子，但也不能失去自己的追求。买菜做饭带孩子做卫生很重要，是责任，是锻炼，是对我的要求；花茶书画学日语去旅行也重要，是兴趣，是修炼，是我的需求，是打气筒，是充电器！找到了自己在社会中的位置，心情必是愉悦舒展的；找到了精神上的乐土，身体也是充满活力的。想必，日后可以更有动力地完成各项家庭工作了。

出了俱乐部，再次回到小河边，迎面又碰上一位带着两个孩子说着英语的外国爸爸。

他叫Ricky，我没问他是哪国人，在日14年，娶了让全世界男人艳羡的日本妻子，拥有让全世界家庭向往的混血龙凤胎。我问他是做什么的，他

老公儿子起床吃饭啦！

会友早茶

说juggler，我尴尬地没听懂这个单词，于是继续假惺惺地问：噢，那具体是怎么挣钱的？他直接拿出手机上的照片给我看：这一瞧，全明白了，原来就是搞杂耍的啊！照片上的他头顶碗手拿球脚踩风火轮，时而站在高高的玻璃山尖，时而飞檐走壁剑拔弩张，引得长龙般的人群围观叫好！而眼前的他穿着T恤牛仔裤，简单又不失帅气，挺拔又有风度，和照片中穿得花花绿绿、表情滑稽有趣的杂技演员一比，实在是两个人啊！

他自豪地说：我的出场费可都是很贵的噢！噢，我赶紧奉承：你这么贵那我是没机会见识咯。他赶忙解释，no no no，是制作单位给钱，观众免费的！我乐不可支，当然当然，我以前是做PR的，专搞公关活动的，我懂。他一听突然肃然起敬，说他走遍世界各地，每到一处最先要了解接触的就是当地的PR agency（公关公司），争取接上几周的活儿，每天几十分钟，就可以供他的家庭在当地生活相当长一段时间了……正聊着，他的日本妻子来了，与一般日本太太不同，他的太太颇具大野洋子的西洋范。他一把将太太拥过来，高兴地向她介绍："You-mi，This is Julia， she is a PR manager，she will offer me a 3 weeks job..."（由米，这是Julia，她是位公关经理，她刚才答应要给我三个礼拜的活儿了……）"Oh sure！ why not？"我接着开玩笑，"Someday in future， I will let u know."（哦当然，未来的某一天，我会让你知道。）

每天每时每刻认识的人，让我看到了世态万千。每个人都有着不一样的生活方式，原来并不是只有朝九晚五再加班的日子才是正常的；每个人都可以有自定义的成功和幸福，无关对错，皆有可能。

正沉浸在偶遇各种"知音"的喜悦中时，儿子突然一声大叫："爸爸！"远远的，四个高大阳光的国际人士朝我们走来，在蓝天白云的衬托下，愈发伟岸迷人。其中一位是老公，只见他轻轻弯下腰，抱起飞奔向他的啸啸，轻唤他的乳名，然后自然地介绍给左右两边的同事。一时间我完全被迷倒了，直到他们走到我身边，我才速速换上职业的笑容，与他们握手问候。

不知老公怎么想，我只觉得那个画面，真是世界上最美的画面：你巡逻在公司的边防线，我守护在宝贝的小河边。

于是我的心，也跟着平静了许多。那个曾经一度让我魂牵梦绕引以为豪的公司，那个曾经让我一厢情愿为之奉献终生的名字，或许最终也将变得，只是一个名字。

2012 年 8 月

自豪的英语

今天遵照老公指示，去两家医院了解看病流程。

看似简单，实际情况却是：正午烈日当头，我背着一大包吃喝拉撒的东西，牵着啸啸，挂着游泳圈，看着看不懂的地图，问着不懂英语的路人，找着明明近在咫尺却绕了十八个弯还找不到的医院。最后绕到第十九个弯终于找到时，已是中午12点，再定睛一看门上挂着一块牌子，上面写着：12点午休，下午4点开门！

这家还来不及吐血，下一家还得接着找。“找啊找啊找医院，找到我的好医院”，我在孩子面前强装出一副乐天派的样子，一路上反复唱着这支幼稚的歌曲，结果亲情感动老天，我们居然很快找到啦！

还没来得及笑出声，我就猛然发现——前台小姐不懂英语啊！而且，整个诊所就没有一个会说英语的人啊！她们是那样的礼貌，那样的温柔，那样执着地讲着日语，就寄希望于——突然间，你就懂了！

后来，前台小姐端直打开了手机上的一个翻译软件，指了指，让我对着它说英语，然后瞬间它就被翻译成了日语！只是灵敏度不太高，得对着它咬文嚼字地多说上好几遍。

正准备放弃时，我灵光一现，我可以写啊！此时不得不感叹汉字魅力之无穷，写完了，她们竟然也连蒙带猜地看懂了！搞定！

那我们的英语呢？

出门在外，我被问到最多的就是：Where are you from?（你从哪里来？）然后被猜到最多的是：Singapore? Hong kong? Taiwan? 竟然还有说菲律宾的，直到今天还没有一个老外猜到中国大陆。而每当我自豪而坚定地说出Mainland China（中国大陆）后，一张张不可思议的面孔便扑面而来："Really！Where do u learn your English？"（真的吗？那你在哪里学的英语？）

说实话，我的英语在国内从来不是最好的，无论是上学还是上班，身边各种大小牛人可比我牛多了，哪个不是获奖无数，周游列国。而我呢，无非是默默地听老师老板的话，认真做功课、坚持背课文、走路听BBC、周末看原版电影、假期上新东方、加班写newsletter，珍惜每一次对外交流的机会、做好每一个English presentation……但今天我想说，能做到这些也就不错了！我们国内的英文教育其实是非常棒的，资源是非常丰富的，只要你想学一定能学好！只要用心听，坚持练，大胆说，最好还能多和老外"偶遇"一下，放假再出国转转，或者再交个美国男女朋友，嘿嘿，等到你走出国门的那一天，就等着别人摘下有色眼镜的赞叹吧！

"Yes，I'm from Mainland China，not Singapore，not Hong Kong，not Taiwan，but Mainland China. I am so pound of China！"（是的，我来自中国大陆，不是中国香港，不是中国台湾，不是新加坡，是中国大陆，我为中国而骄傲！）

2012 年 8 月

游乐设施

最近我越来越感受到，日本的游乐设施建设以亲近大自然为指导思想，电子的、人工的设施在固定游乐场外的地方非常少见。

记得刚到这里的那天，啸啸见老公在数硬币便问，爸爸你是要带我坐“摇摇”（国内的投币摇摇车）吗？为了不让儿子失望，爸爸飙着汗抱着啸啸绕岛一周后终于证实：我们居住的这个小岛上竟然是没有“摇摇”的！不仅没有喜羊羊小飞机这些摇摇车，连小火车、旋转木马、充气跳跳床这些在国内小区里比比皆是的东西，全都没有！

那这里有什么？秋千、梯子、绳索、单双杠、沙子堆、滑滑梯、棒球场……这都是些不用花钱的东西。不过最受欢迎的其实还是那条小河：孩子们兴致一来衣服不脱直接下河！而且这些设施老少皆宜。

后来，我们又发现一个更刺激的游戏——坐电车！岛

在沙子堆玩耍

人工雪场

在人工雪场的滑梯上玩耍

上的电车无人驾驶，啸啸每次上车便直奔车头的位置，假装自己是司机在开车："呜呜呜，开动啦！嘀嘀嘀，对面车上的朋友你们好啊……哇哇哇，下坡了，大家小心啊……"好像在驾驶环球影城的翻滚列车般，可比以前小区里那个绕圈的小火车刺激多啦！

今天在神户港下船后，我们意外地发现了一个人工雪场！是的，艳阳高照的八月里下雪的雪场！！只见可爱的工作人员顶着将近40摄氏度的高温在户外搭着一个方圆几百米的雪场，也不知道他们是冷是热啊？"积雪"一尺厚，定时会再"下"一会，内设雪橇、雪杖、雪人等多种娱乐设备。最最关键的是：还免费啊！有木有！

啸啸见状兴奋地冲上前去，拿号、排队，十几分钟后从入口进，每场二十个号、二十分钟，到点后集体从出口撤，同时下一场的人再从入口进。一切有条不紊，大家都能自觉自律。

大人孩子一起玩得不亦乐乎。是啊，还有什么比在大夏天里玩雪更刺激的呢！

2012 年 8 月

简单VS复杂

浩浩荡荡漂洋过海的几十个海运的箱子于昨天早晨9点整抵达神户市东滩区向洋町，Wei-san家门口。在五个专业搬家师傅的帮助下，我们花费了三个多小时，咔咔咔地以难以置信的速度和质量，全部拆包组装完毕！

回头想想这过去的20多天，我们其实就靠着先空运而来的几个箱子里最基本的用品过活，我们到底是怎么过来的？

基本生活其实就是一口锅、一把刀、一条毛巾、一双鞋、几件衣物和一台笔记本。睡觉，用毛巾当枕头；洗澡，用酒店小样；晾衣服，搭在楼梯上；工作，坐在地板上；出行，全是步行……这段日子没有全套厨具，没有床上用品，没有整厨衣物，没有配套洗漱，没有衣架挂钩，没有桌子椅子，没有自行车推车……可是那又怎样？每天照样出门、照样上课、照样游泳、照样做饭、照样洗澡、照样睡觉、照样发博客！

所以眼下，当这些琳琅满目的东西送到时，我顿觉眩晕，我真的需要这么多的附属品？但是既来之，则安之。既然运到了还得慢慢收拾不是吗？望着满屋的家具，一地的杂物，虽然暂时零乱，每一个角落却无时无刻不散发出家的味道。渐渐的，心态由眩晕崩溃转为蠢蠢欲动的小兴奋与大期待……一个小时后，我换上了球鞋和运动服，骑车带上啸啸飞奔去海边兜风；买菜归来，用从家乡带来的郫县豆瓣酱搞了一桌川菜；再翻出最爱的沐浴露和洗发水洗了个长达一小时的澡；然后气定神闲地将洗好的衣服挂到了组装好的户外衣架上，正式迎接阳光的拥抱！现在，我终于得以优哉游哉地在桌子上打字啦！一会儿我还将扑向我的棉花枕头睡大觉……啊！这日子啊，真是没有最好，只有更好啊！

此时此刻的我，有种与过去不同的难以言说的幸福感。原来道理就是这样，若是我们含着金汤匙出生，生来就会觉得一切的荣华富贵理所应当，而当我们白手起家，历经磨难，逐渐拥有财富时，才会感激现在的所得和生活的给予。此时此刻，一种扑面而来的喜悦让我幸福地喘不过气来，而正是这种幸福感迫使我从心底更加地感恩、珍重。

从另一个角度说，物质生活其实并不是让我们快乐的首要因素。在过去的近一个月中，我无丝毫空虚和抱怨，我只觉得每天都有新刺激、新收获、新领悟、新成长。这跟一个月穿几双鞋，用什么护肤品，趴在地上还是躺在床上打字都没关系，只要思想不停歇，手脚不停顿，那么富足和快乐自然会萦绕身边。只是我们无须追求苦行僧般的磨炼。物质不是坏东西，是帮助我们实现更好生活的工具，需要的时候敬请大胆拥抱用心享受！日子呢，简单有简单的乐趣，复杂有复杂的兴致，不要因为忙碌将日子变得简陋，更不要因为贪恋而将日子过得庸俗。我相信，更好的物质会带给我们更强的动力、更大的鼓励、更多的灵感去追求更美好的事物！物质对精神本应促进，绝非瓦解。

2012年9月

中国人与外国人

一转眼到达彼地已经一个多月，吃遍了视线范围内的所有饭店，逛腻了岛上唯一的大超市，做惯了居家中国菜，真正过上了新时代的主妇生活。日子逐渐规律了起来，每天从清晨到午夜，我本能地不敢闲着，帮自己走出公司，融入这里。

现在就说说我平时常接触的这个岛上的两大团体：外国人和中国人。

平日里接触最多的是外国人团体：无论是在国际学校遇见的妈妈，还是在国际俱乐部一起上课的同学，或是在超市买菜的主妇，还有在饭店一起吃饭的女友，多半都是她们。我因为平日积极投身于学校和俱乐部的活动，为人也算热情，和她们又不存在语言障碍，所以我们很容易情投意合地走到了一起。

中国人的团体反倒是最近才拓展起来的。刚来时，阴差阳错，总见不到中国人，偶尔听到有人在说中国话也不好意思贸然上前。后来有一次，我跟啸啸边走边聊，竟然被一个骑着自行车路过的中国姑娘听到了，还主动接了茬：“哟，你们是中国人？”于是彼此介绍认识，之后很快成为了朋友。于是打那以后只要再听到马路上有人说中国话，我就会大方地满面堆笑往前一凑：“嘿嘿，你好啊，中国人？”这不，今晚本是跟一群外国妈妈们带着孩子在小河边乘凉吃晚饭，临别前突然又听见熟悉的乡音。就这一招！我笑嘻嘻地厚着脸皮凑上去问好，结果居然发掘了一个十几人的中国妈妈群！她们每周末都会聚在一起教孩子中文，这不，才下课！

我大不解，都是中国家庭，你们的孩子怎么不说中文？她们无奈地苦笑，还不是因为孩子在这出生长大，日语已经成了他们的母语。“一开始回家还跟我们说中文，后来发现反正爸妈也懂日语，就懒得麻烦，索性一口气把日语说到了今天。”这下可急坏了这些孩儿他娘，几个妈妈见面后一吐苦水一拍即合，当下决定自己当老师合伙出经费组建中文班，用中国人教版的小学语文课本做教材，轮流亲自给孩子们上课！

可怜天下父母心！我先是感动，随后更多的是感触：是啊，国外的环境再好，人民素质再高，生活品质再强，但毕竟还是别人的国家。就算努力多年费尽心思地拿到绿卡换掉国籍，就意味着能真正地融入吗？不错，都是黄种人，你又改说了日语，可是外表的一致能让你彻底变了心吗？你能忘却故乡的明月，槐树下远眺的双亲，唐诗宋词的风韵，街边小巷的大排档，还有曾经“为中华之崛起而读书”的抱负吗？除此之外，别人能真的接纳你吗？学校里别的孩子模仿你孩子的中国口音，夫君婆家要求你时时跪着，每到北京雾霾天，同事就开始有意无意地在你面前抱怨风又把雾霾吹了过来，害得大家咳嗽不止……最后，那本该是最自然天成的母语，就这样消失在了平假名、片假名中，磨灭于以服从、重复、机械和强迫症著称的社会里，于你我而言，如何甘心啊！

一颗赤子之心，岂能被一个新的护照轻易取代，延续了几千年的血脉，岂能因一次迁徙而彻底改变？

我冲她们理解地笑了笑，然后默默地对自己说：我的孩子绝对不可以有这一天。

这天，在国际俱乐部的插花课上碰见的台湾助教跟我说："这么多年，除了我自己，从没见过一个来自中国大陆或者台湾的人来参加俱乐部活动。问她们为什么不来，她们要么说学费太贵呀，要么说家事太忙呀，所以当我看到你时，我好意外也好开心啊！"

哦，是这样。可是在我看来，抛弃国内的安稳惬意的生活，辞去光鲜亮丽的工作来到一个听不懂、看不明，一切要重新来过的异国他乡，为的不就是追逐内心的声音吗？不就是为了要有更加丰满的人生吗？不就是在为未来之路累积养料吗？那么没有input，哪里会有output？

这就是为什么我反而能和这里的外国人走得很近的一个原因：思想类似，志趣相投。她们很多曾经也是上班族，跟随丈夫被派遣到此地，放弃曾经的事业开始新的生活。即使不再朝九晚五，也始终坚持着自我的追求、兴趣的培养、社交的圈子，有机会再做做兼职。最重要的是这样便能将更多的时间和精力给家庭，让孩子更爱妈妈，让老公更爱老婆，家庭生活更加稳定幸福。妈妈是家里的定海神针，这话是我说的。

而这里的中国妈妈，很多早年都是国家的栋梁之才，年少时留学于此，后来也难改高材生的特点：勤奋上进，将大部分时间献给工作；有些便是嫁给日本夫君，改姓生子，孩子只说日语，自己也尽可能地融入日本家庭成为日本传统主妇群体中的一员。和她们共处时，我更多地是带着听取前辈心得经验的心态进行的，我们有着共同的语言、共同的血脉，容易产生情感共鸣，在一起时就如回到家了一样放松。但很多时候毕竟背景差异，经历不同，其实也很难碰撞出更多思想的火花。

曾经有一个早年来此地留学的中国朋友带着些许羡慕对我说，当年我是来生存的，如今你是来生活的。是的，我很庆幸我能在这样一个时机出国，没有物质上的担心，没有学业上的压力，而能以一颗更加平常之心感受这里的一切风土人情，慢慢沉淀，悉心修炼，厚积薄发。

2012 年 10 月

质感生活

这些日子我突然明白了两个词，一个叫“量”，一个叫“质”，翻译成英文，一个叫capacity（能量），一个叫capability（能力）。在过去的二十多年里，我一直是一个以量取胜的人，不断stretch（逼）自己的capacity，而不顾真正capability的提高。

大学即将毕业之际面临着多个选择，我却几乎试遍全部：考研、保研、留校、出国、公务员、找工作。为了自己的梦想，为了父母的要求，为了老师的期望，为了一个都不少，我无从取舍，只能通过不断地stretch自己，将精力分成若干份去取悦每一个人。很巧也很幸运，最后成功的正是自己最想要的那个。现在想想真的是巧合吗？人的精力有限，潜意识里不自觉地就会把最多的精力留给最有兴趣的事情。

工作初期，每个月都有scorecard（计分卡）的考核，考

天色已晚　一抹余晖

核表上的每一项都有一个目标值，我有两个选择：一是从数量上突破这个值，二是在保证实现这个目标值的同时，不断提高每一项的质量。我自然选择了前者，一是反复做同一件事情很快便能熟能生巧做得更快更多，二是数量上的成长更容易引起老板的注意。然而，急功近利的最终结果并没有让我成为提升最快的那个人，而把其中的一项工作做精的同事反而更得赏识。自作聪明的我最后只是一个自欺欺人的笑话。

真正引起我反省的是最近的一次回国。“有朋自远方来，不亦乐乎？”狐朋狗友们自然要好生聚聚。于是按照以前的习惯，我罗列出不同的朋友圈子，约好时间逐一会面。可是这次，在一个一个的聚会后，我却感到了从未有过的失落和悲凉。的确，我见到了几乎所有的“朋友”，熟悉的、陌生的、亲密的、过路的，几十人围坐在圆桌旁，说着有的没的，聊着天南海北，却极少有一二句直指人心，难得有机会倾吐衷肠。烟消云散后，我还是我，你还是你，交集没有，火花不再。一时间，我明白了什么叫应酬，一瞬间，了解了什么是一生一知己足矣。

在日本生活一段时间后也越来越感受到了生活的质感：东西不在多，质量要精；友情不必滥，重在投缘。在这个国家，带给人感动的正是每一件小事的细节，和每一个能融化人心的微笑。其实很多时候，量变最终并不能带来质变，只会成为消耗精力、消磨灵性的屠刀：顶着感受人生、享受过程的美名，实际却做着浪费生命、不求甚解、对成长无益的差事。

所以，所谓的质感生活不在于你都做了什么，而在于你做得怎么样，不在于你有一个大房子，而在于你有一个温暖的家，不在于别人如何说，而在于自己内心怎么想。或许是年龄渐长，现在的我对每日爆炸的新闻不再如饥似渴，电视也不看了，需要时我只是打开搜索，输入关键字，敲下回车，hey，就是这个。

2013 年 1 月

第二章 文化体验

夏祭

这些天岛上一直延续着夏祭的庆祝活动。夏祭，是这里一年一度的盛大庆典，这一天全国上下都要身着和服庆祝。和服是很贵的，买和服可是件正经大事。没有和服，我们外国人的身份便暴露无遗。

既如此，就说说我这个外国观众眼中的几个“最”吧：

最感人：和伦敦奥运会开幕式童声合唱团里的残疾孩子一样，坐在轮椅上歪着脑袋依旧奋力摇沙锤的孩子就在眼前的儿童管乐队中。与国内每场公开演出的尽善尽美无可挑剔不同，这里处处可见残疾人，在社区、在公司、在学校，残疾人也尽着他们的一份力量，接受着他们应得的尊重和肯定。政府要求，任何单位都要预留出一定比例的职位给残疾员工，所有公共场合也一定要有坡道和电梯时刻准备着，哪怕可能从来没人用过。

这是对“人人平等”的最好诠释，是一种朴素的信

夏祭日里的少女们

身着和服的孩童们

仰，一种善良的人性，一种真心的尊重。

最感染：cosplay是每次演出中必不可少的环节。今天来自神户cosplay社团的同学们一上场，我就立刻神魂颠倒地被带入了动画世界：那每一个眼神，每一个表情，每一个动作，每一个造型，天哪，简直就是从动画片上走下来的！

话说回来，日本人的性格就是这样的矛盾与极端：一方面，在日常生活中谦逊低调，循规蹈矩，克己复礼；而另一方，在某些特定场合，又出其不意，异乎寻常，独树一帜。正如鲁思·本尼迪克特笔下的《菊与刀》：爱美而黩武、尚礼而好斗、喜新而顽固、服从而不驯；也正是高晓松老师口中的“AB血型民族”——在保有严谨传统的国民性格的同时，也上演着武士的剖腹、世界第一的情色产业，还有眼前的动漫表演……

无论如何，此时的我和其他几百个岛上身着和服的居民一起铺着垫子坐在地上，在月光下共同抬头欣赏着他们的演出，心甘情愿地被台上的那位“王子”迷得一塌糊涂。

最感动：大音响里反复播放着经典日本歌曲，中间高台上的几个日本老奶奶穿着和服随之起舞，舞台下面已围了几圈的群众，他们也自发地跟着上面的老奶奶们一起跳。这些歌可能就像我们的《最炫民族风》吧，怎么男女老少人人都会嘞！对舞蹈痴迷的我自然忍不住也跑过去跟着凑热闹。绕了几圈下来，音乐暂停，竟已不知不觉跳了半个多小时！台上的老奶奶们也下来休息，而其中一位竟然径直走向我，哇啦哇啦地说了一堆没听懂的话，然后拍拍我的肩，竖竖大拇指。也许是我动人的舞姿引起了她的注意吧，哇哈哈，不管到底是什么意思，我很感动很开心地搂住她，奶奶，我们拍照吧！

今天的活动，远没有我曾经组织的任何一场公关活动高大完美，它只是在一个小岛上的一群百姓的集会，但它精彩依旧，直击人心，带来欢笑，令我们永存于心。

2012 年 8 月

六甲岛上的万国旗

儿童图书

以前在国内买儿童书，一买就是好几套，什么《世界经典童话大全》《传统故事大全》《十万个为什么》《上下五千年》《恐龙全集》等，拿回家一看就是大半年。到了这儿后带啸啸去逛书店，发现很多都是一个故事一本书，什么《小红帽》《白雪公主》《三只小猪》……好多都还是硬壳精装，价格比国内的各种“大全”还贵上八倍十倍！乖乖，我心说，够黑的啊，怎么会有人买？

有一次无知无畏地跟一个日本朋友聊天，我说你知道中国的书有多便宜吗，不仅价格便宜量又足，尤其在地摊上，几百页的经典著作几块钱就能收入囊中，哪里像这里，每本书就那么几页还那么贵！好夸张啊！

因为感觉买书太不划算，我们开始经常出入于岛上的图书馆。确实发现了几乎所有儿童图书，无论是几百年前的安徒生童话，还是当代作家的作品，几乎都是一个故事一本书的绘本，且图多字少，还超级薄！在图书馆一个小时能看完十几本！天哪，我在心底再次呐喊，这种书在国内怎么可能卖得出去！可是日子久了，竟然也就习惯了，每周去中心图书馆借上七八本，再从学校图书馆借回三五本，居然也就够看了。渐渐地还喜欢上了这里的每一本儿童图书：原创的故事，精确的用词，精美的插图，精致的纸张。后来慢慢了解到所谓图多字少正是为了激发还不识字的孩子的读书兴趣，是培养孩子自主阅读的开端；精准的用词和句子对孩子今后的表达写作起着极其重要的引导作用，经得起再三推敲；而优质的印刷与品质也保证了这本书始终赏心悦目，广泛传播，百翻而不坏。

有一天，啸啸翻出一本从国内带来的《安徒生童话》，我无意中瞥了一眼，那一刹那突然好像明白了什么——

这里的人很少知道什么是"盗版"吧？因为这里的书不会有错别字，他们习惯了精致的手感，自然会排斥一翻就脱线的书。更重要的是，以前在国内能看到的本土儿童读物其实非常有限，要么是流传了几代的经典，要么是国外引进，再就是东拼西凑的一些杂烩。缺乏原创的新鲜力量，好不容易出现几本本土优秀的畅销书目，又开始被疯狂盗版，优秀作家得不到相应的尊重和回报，甘愿倾注一生安心创作的人还有几个？

而在这里，每本书首先是对作者的认可和尊重。不菲的稿费表达了对他们的肯定和鼓励，严谨规范的出版流程保证了每本拿在读者手中的书都经得起推敲并值得珍藏。而且整个社会都在鼓励和期待更多更好的作品诞生，当代优秀日本作家的绘本已经被译成多国语言，包括汉语。另外图书馆也是普及得很好的公共设施。无论在学校还是社区，图书馆是大家学习生活中的重要组成部分，你不需要花一分钱，却可以通读古今，博览世界。

记得图书馆的墙上挂着一句话："在学会自主阅读之前，您的孩子需要听成百上千个故事。"转头看看身边如此丰富的资源，还买书干吗呢！

2012 年 9 月

花道

趁啸啸托管的三个小时，我终于有机会与花结缘。

这天是Ikebana（日式花道）本学期的第一节课，我也是本学期唯一的一个新同学。一进教室，就看见一位满头银发优雅端庄的老太太，正目光炯炯全神贯注旁若无人地摆弄着花草，她的身边是已经学过几个学期的老同学，一边用简单的日语和她交流着，一边聚精会神地看着模仿着。我一看这架势，心想完了，一来完全不懂日语，二来完全不懂插花，我这是来凑啥热闹的，要不我去接啸啸放学吧……

心里正七上八下地嘀咕着，助教到了，用英语问我：“Are you Japanese？”（你是日本人吗？）啊，来了个会说英语的助教，立刻打消了我一大半的顾虑，于是我笑容满面地回答：“No，I'm Chinese.”（我是中国人。）“Ah！”这下轮到她惊叫了，停顿了大约五秒钟，把我上下打量完毕后，她说：“Same here.”（我也是。）

接下来呢，事情就发生了戏剧性的转折。她告诉我她来自台湾，到此地已有八年之久，按年龄我应该叫她大姐。她曾经想去美国深造，考试通过了，最后还是抛不下夫弃不下子，至今还是继续过着家庭“贵妇”的生活。更有趣的是她竟然认识我的房东，据说也是台湾人，本来这间房子是要卖给她的。再之后，她又打电话把我介绍给另一位住在岛上的中国朋友。再之后，嘿嘿扯远了，我们开始上课吧！

因为我的存在，这堂课她决定同时兼任中英文助教；因为她的存在，我很快顺利地进入了角色。而对我最大的触动便是：艺术本无规则。

来自中国的学生，尤其是“好学生”，非常擅长背书考试，事事争第一。我的习惯思维就是，告诉我游戏规则，说清楚要求，我就去学，我就去做，然后我就会赢，然后我就会被表扬……结果，结果你知道吗，这里什么规则都没说！什么要求都没有！先生只是稳稳地坐下，只一句，我插你看，然后你拆掉重新插。

我完全就崩溃了，我问：“那怎么样才算插得好？”助教大姐诡异地一笑，插嘴：“别着急，慢慢来，先模仿，后领悟。”我不依不饶：“那我到底应该怎么插啊？”“你好好看，模仿就是。”

我绝望了，我非常不适应这种教学，但没有办法，只能乖乖地看着。突然灵机一动，嘿嘿嘿，老师每插一步，我就用手机给照下来，这下不就有据可依了！哈哈哈，这叫道高一尺，魔高一丈！

两种花，一种叶，简简单单错落有致，一步步看下来仿佛并不难。而当先生完成时再看最终的整体效果，突然又觉得怎么如此神奇，如此默契，如此浑然天成，如此妙手生花，一时间又不知该如何下手了。

不怕，我不是有照片吗！于是，一支支拿下，然后准备就按着照片上的位置一支支插回去。心中窃笑，中国学生的聪明勤奋无人能及吧！

先生示范的花道作品

可是，照片终究无法精确地显示这朵花到底应该在那朵前面几公分，这片叶又到底应该弯曲几度，只能是估摸着插完，早已是满头大汗，惶恐不安。

不过回头看看照片，好像也大差不差。于是就安慰自己，看着照片也就插成这样，其他没照片的人不得更差？

正想着，先生过来了，端正一坐，嚓嚓嚓几下，几乎把我的作品全部拆了准备重新来过。

这下我可大受刺激！于是我拿出照片理直气壮地问老师："您看您看，我插的和照片上是一样的啊！而您现在插的其实和照片上不一样呢！"

助教大姐忍不住了，直接甩来一句："你快闭嘴！先生以前常说，每一个作品都是独一无二的，每一次插花的完成都伴随着当时的灵感、心情、环境的不同而有所不同，只要是艺术的，就是美的！"那么什么叫艺术嘛？"我有些理亏，但还是不甘心地低声问。助教大姐无奈地和先生嘀咕了几句，先生终于开口了："艺术不是一句话能定义的，当然也无法靠几条定律几个法则解释清楚，你不妨把插花想成音乐吧——时高时低，时起时伏，跌宕又流畅。你要用心感悟，坚持操练，才能逐渐培养起自己的感觉（sense）。"

听到这，我很难为情，赶紧定了定神，再次坐下，屏住呼吸，细心观察。在老师"重建"我作品的过程中，我突然有了些感觉：先生插出的花只有一个面；花型多成三角形，根部尽量集中在一条直线上，且尽量用花草遮挡不要被看到；一个作品好像只有一个重点，其他为点缀辅助。

待我将心得说出来和先生交流，她老人家终于眉头舒展，温柔又有力地拍了拍我的肩。

茅塞顿开。所谓的"规则"只有通过自己的领悟和建构，才会刻骨铭心。

我当日的花道习作

后来的花道作品——太阳鸟

回到家后，我将花拆掉重来。这次没有看照片，也没有背角度，花儿毕竟不是零件，她有生命，而我也本不该是机器，我有灵魂。脑子里想着美好的形象，耳畔响起了音符的律动，花叶开始游走于指缝之间，行云流水，一气呵成。果然，这次又有不同，却又是独一无二的美丽。

2012 年 9 月

后来的花道作品——迎春

和服·茶道

生命就像，一条大河，生在此岸，死去彼岸。

——茶道先生

今日得幸参加了日式茶道表演（tea ceremony）。茶道老师的资格越高，越需要盛装出席，因此倒也顺便过了一次和服（kimono）的瘾。

日本的和服种类繁多，令人眼花缭乱。经老师介绍方知：图案越是连续无断裂越为正规，颜色越深越正式，尤以黑色为最，腰间的带子更有讲究，图案要完整，带子要越长越宽才越上档次。

话说这带子系成的背囊，以前听朋友开玩笑说是因为日军作战劳累，女人们也得日夜跟着伺候，于是便把枕头随身背着。虽是玩笑话，竟让我信了整个青春期。这次一边穿一边把这个当成笑话跟给我穿和服的老师说，结果先生却一脸严肃，沉默的眼睛仿佛在说it's not funny at all（一点不好笑）。随即先生便开口向大家介绍这“背囊”的真正含义——美观是第一位的，样式也有讲究：那种系成像枕头一样的代表已婚妇女，蝴蝶结的那种代表的是妙龄少女。说罢看了看我，然后坚定利索地为我系了个蝴蝶结！

还有这袖襟，越长表示年龄越小，长到拖地就是小姑娘了。小姑娘可选择穿已婚妇女的短袖襟以示成熟，已婚的却万不可穿小姑娘的装嫩。我本诚实，早已自觉地拿了件短袖襟穿上，可奈何还是被先生判断成了早熟的少女，哈哈。

穿衣程序烦琐严格，内衬、袜子、腰带、外衫，再系腰带、固定、调整，然后做花于身后……一套下来，我被勒得胸也没了，气也短了，两腿绷绷，步履碎碎。

其实在日本，但凡有重大节日庆典，男人女人都会自觉穿和服庆祝。比如“夏祭日”，那天整个岛上望去满眼都是和服。再比如著名的“七五三节”（shichi-go-san），就是给三岁的男孩女孩、五岁的男孩和七岁的女孩举行成人礼，孩子们都要身着和服在神社进行参拜。不只孩子，父母也要这样。记得一位朋友说，“七五三”那天她早上不到5点就起来了，然后赶去她的母亲家请母亲帮她梳头、化妆、穿衣，回来再给孩子打扮。

扯了这么多我其实是想表达，这个民族对其民族服装有着强烈的热爱与骄傲。在这里，卖得最贵的衣服是和服，最隆重的场合穿的衣服是和服。走在街上，看到一个个卖和服的门店，都是那样的高端大气，衣服被展开挂在橱窗前，仿佛孔雀开屏一般，远远望去就像一幅画，一件珍品，一看就会从心底顿生一种尊重和敬仰。

那我们的民族服装呢？国际学校经常有各种各样的日子，要求各国学生穿自己国家的民族服装参加。中国的女孩子们常常是清一色的旗袍，男孩子就更是简单，带着胸前一条龙的练功服就来了。其实旗袍本源自清

与国际友人们的和服合照

朝，并不是汉人原本的服装。每当我有机会去学校给孩子们介绍中华文化时，我有一页PPT一定是56个民族的56种服装，中国那么大，不是一件旗袍就可以代表的。

话说回来穿旗袍也不为过，只要能穿出美丽、穿出气质就好。可时常看见袖口的线头、残缺的扣子、毛边的领子、褪色的图案招摇过市……尤其当中国越来越强大、越来越被世界瞩目时，我们更应该好好反思一下该以一种怎样的态度对待属于我们自己的服装和文化。

一小时后，众娘娘们着装完毕，着木屐碎步移至茶室，怎料室外景致独好，翠绿依依，溪水滴滴。娘娘们受不住诱惑，纷纷上前再度留影：青石、绿草、茶室、佳人……我一时恍惚于古今中外。

终于要步入茶道了，刚准备脱鞋入室却发现这茶室的入口极小，若不说还以为是猫猫狗狗的通道。这时先生开口了：几百年前，日本武士出入均要佩剑，哪怕是睡觉也剑不离身。而茶室，却是一方净土，室内之人无高低贵贱荣辱贫富之分。而若是有人佩剑出入，势必让他人心有余悸，诚惶诚恐，坏了茶室的规矩。于是，那位伟大的茶道先人奇思妙想得此一法：将茶室之门放矮放窄，若要进入，必要先将身上权贵之物统统取下，唯留两袖清风，方可低头弯腰钻入茶室。这，就是仪式的第一步：净身。

还好本宫柔韧性不错，蜷缩过关，有些姐姐伸不开腿弯不下腰，老师开恩让她们走了个后门。

进来后发现室内昏暗，不知该做什么，只得默默地静坐等待。缓缓地，先生又开口了：这个茶室的布置遵循阴阳之道，如同我们的身体一样，左为阳，右为阴，前为阴，背为阳；屋内也是，主人坐处为阳，墙壁涂白，客人坐处为阴，墙壁涂绿，各位请不要坐错了位置。

“现在请各位静听茶音，观我备茶。”言毕，启动，第二步：静心。果然，看先生的一招一式绝非一蹴而就。而后听先生说，拿到茶道证书最快需要十年，二十年三十年拿不到的大有人在。

这让我想起日本一家著名的寿司店，人们排队购买日日长龙不断。有个年轻人十分好奇为什么会有这么好吃的寿司，于是登门拜访想要拜师学艺。开店的老先生早已年过半百，听到请求后只是淡淡地说："好的，徒弟我收，但有一个条件：至少要在我的店里干满三十年再离开。"

这就是日本社会的工作文化：兢兢业业，恪尽职守，等级鲜明，从一而终。往好里说，他们不想一鸣惊人，也没有急功近利；他们有着超强的执行力，重视过程的细节胜过对结果的追求；他们简单执着地相信，坚守隐忍披荆斩棘之后一定会到达梦中的天堂，正如没有长年累月的水滴，石一定不穿。可是如果往坏里想，这种现状也导致他们不够积极上进，没有个性；他们仿佛站在一个看不到头的自动扶梯上，一动不动，只等待着用时光把年头磨完，自己就可以达到某个期待的高度；他们不会去想，天堂是不是在自己到达之前已被占满，而这十年如一日的汗水会不会终成南辕北辙？

正想着，茶已端到面前，是粉末状的绿茶。老师说：据说这茶源自中国，消逝于中国，兴盛于日本。每每听到某某发源于中国、发扬于日本这样的话时，我的心里都有些不甘和不爽，可这到底又是谁的错？

精心准备的绿茶，配着精致的点心和器皿。这是我在日本领悟到的另一件事情：人们对装饰与包装的重视。什么茶配什么器，什么菜配什么碟，什么季节配什么筷架，什么点心配什么餐巾，什么礼品配什么纸张……主角要靠什么配件烘托，这其实是个大学问。就好像一个朋友说的，上海的城隍庙地上七零八落一不小心就被人踩到的工艺品，搬到日本来一摆，件件都变成身价连城的珍品！依我理解，这句话有两个意思：一是中国满地是宝却不被珍惜；二是日本资源匮乏却能靠进口和包装设计创造价值。包装靠的是什么，靠的是对任何事物都心怀敬重的态度、发现美

静听茶音

茶道点心

粉末状的绿茶

和服剪影

丽的眼睛和一丝不苟的执着。

抿一口茶，无过多苦涩，却有几丝甘甜。先生再次娓娓道来：在日本，我们相信生命就像一条大河，生时在此岸，死后去彼岸，没有天堂没有地狱，无关好坏，死亡只是另外一种方式的存在。而这茶室，就是河里的一只船，你们抬头看，茶室的屋顶为船形，即为此寓意。无论在外如何争斗，只要来到茶室， 此时此刻，我们全然一样，众生平等。来到这里你会忘掉名利纷争，放掉困苦波折，且在此处，净身、静心、洗涤灵魂……喝完茶，仪式毕，该离船上岸时，你已是全然一新，淡然笃定了。

一室，一茶，一高人在前。听之如高山流水，安然流畅；回味之又有如波澜阵阵，直击心畔。

2012 年 10 月

『七五三』

乞神灵保佑，云轩小朋友，健康长寿，学业成就。

——生田神社“七五三”

每年的十一月十五日，是日本传统的“七五三”节。从十月开始，在全国各地的大小神社，总能见到难得到齐的日本家族成员，郑重其事地全员出动。长辈们会在这期间带着家中三岁的男孩和女孩、五岁的男孩和七岁的女孩，身着和服盛装，前往神社祈福参拜，护佑家中小孩平安长大、增福长岁。

话说这是因为早年日本天灾人祸频仍，人民生活苦哈哈，儿童存活率更是处于低迷状态，百姓们想要家中孩童平安健康长大，便开始心怀敬畏地祈求神的保佑，于是专为幼童祈福的法事仪式，便衍生了出来。

今年，啸啸刚好三岁，公司邀请了老公，国际俱乐部

生田神社“七五三”大合影

邀请了我，共同庆贺这一天，而地点竟然在一起！结果回家碰头后发现这正巧是某司公关部与民间组织共同策划的一场公关活动，一来是打造神户国际化都市，某司是一个国际化公司的形象；二来自然也是想以此带动民间同庆。日子就定在十月二十一日。

虽已入秋，白天却仍是艳阳高照，晴空万里。我起了个大早，7点多就赶到神社，洗手、饮水、入室……结果发现还是来晚了。

一间和室，十余个孩子正在更衣，由神社的红裙姑娘们帮忙伺候。晃眼看了几圈，终于找到用平假字书写的啸啸的大名“韦云轩”挂于屋檐下，名字下方正是为他量身定做的小和服。

一位红衣姑娘笑脸迎来，友善热情地准备帮他更衣。这衣服看着虽是漂亮，穿上去却是复杂无比，里三层外三层的，屋里又热，经不起折腾的小人儿强忍着烦躁，哼哼唧唧不停地小声嘀咕着：这个不好玩，一点都不好玩。

“羽織、着物、袴、襦袢、角带、羽織紐、雪駄、お守り、短剣……”一堆看不大懂的名称，反正就是三层衣，三层带，再穿上难受无比的夹趾小拖鞋，将近一个小时，总算完事了！这衣服从背后看是一只展翅高飞的仙鹤，借大鹏展翅之寓意，真是对孩子充满期望啊。

出了屋，到了院子里，看到满地的石头和各种玩偶，啸啸这才眉头舒展，很快和各国的孩子们打成一片。这也许是整个活动中，他最欢乐的时候吧。

10点，仪式正式开始！大人们无比激动，小人们再次愁容满面，一面依依不舍地和老虎兔子们告别，一面无可奈何地被引进神社，入高台就座。

接下来的程序我就完全云里雾里了，只听到一个主持上来，叽里呱啦地一会让孩子站起来鞠躬行礼，一会又赐座，一会又让他们抬头看天……

“七五三”仪式

走神的啸啸

然后几个法师轮流上场，有的颂经祈福，有的圣水点灵，有的神铃驱邪……看得我实不敢说这到底是迷信还是民俗。祈福时，法师正在上面念得无比投入时，啸啸在下面坐得按捺不住，居然直接黑着脸扭过头问我："他怎么还没说完？"我的天啊，冒犯冒犯！

又一个40多分钟，仪式结束，以为终于要解放时，孩子们再次被引到神社前拍照留念，没错，公关人最重要的时候（photo moment）到了。大小记者举着相机摄像机前赴后继，孩子们拿着自己的御符哭天喊地，主办方在一旁挤满笑容不断安慰：孩子们再坚持一下。坚持一下，回家就能看新闻咯！哼，搞笑，孩子们才懒得看呢！一时间终于醒悟，公关活动到底high的是自己，苦的是演员。

末了末了，还算是一个难得的经历。我们拿着御符、奖牌、千岁饴（一种像麦芽糖的糖果，内有三支，代表孩子的年龄），还有其他礼品，满载而归。一回到家，啸啸倒头就睡，一觉醒来，竟然浑身发烫：一量，38.6摄氏度！ 于是不得不停笔于此，此时又要去看看昏睡的小人儿了。哦，神灵呀，这回求求您果真显显灵吧！

2012 年 10 月

卡哇伊

“卡哇伊”在很多人心中俨然已是日本的代名词。小时候看的日本动画片中的卡通人物永远是大眼睛小嘴巴尖脸庞的迷人样，一笑起来眼睛弯弯嘴角上扬，剪着齐刘海穿着迷你裙；中国好像还有一个名叫“卡哇伊”的连锁店，专卖各种五颜六色的可爱宝贝；出国前朋友们不知从哪里搞了一张长长的代购清单，上面都是各种稀奇古怪的“卡哇伊”产品。

所以来日本之前以为满街都会是卡哇伊的小玩意，结果——

这种幻想在来日本的第一天就破灭了。记得那天出门，我在街上竟没看到一条迷你裙！街上人群的着装整体色调以黑白灰为主，女士们身着素色长裙，举着长柄伞，顶着帽子，系着围巾，戴着手套躲避阳光。所有人着装淡雅，步履缓缓，神情安然。这让在一旁穿着Micky热裤吊带、举着剪刀手照相的我，情何以堪。

日子呆久了发现更是如此。各大超市卖的东西种类几乎一致；百元店卖的各种小东西虽是种类繁多，但样式却趋于标准化，且颜色永远以素色为主，比起我们淘宝上形形色色的创意差的不是一点半点；药妆店貌似琳琅满目一些，但当我拿出那张稀奇古怪的代购清单询问时，店员总是一副不知所以的样子，茫茫然地摇摇头。

学校里学生的校服、衣柜、书架、挂钩，全部整齐划一，摆放有序，色彩一致；就连家庭主妇出游时为全家准备的便当盒，也是统一款式，只是大小有别而已。

原来比起“卡哇伊”，标准有序才是日本的精髓。“‘卡哇伊’根本就是电视和书上骗人的东西！”我愤愤道。

可是后来去学校参观时，我看到每个小朋友都有一个自己的笔记本，各有特色，颇为惊讶。问他们这本子是哪里买的，才发现竟然都是妈妈们亲手制作的！难怪如此独一无二！后来啸啸上学后，笨手笨脚的我也被迫接受了这个挑战：先去百元店采购原材料，然后自己构图设计，而后花了四个小时熬到眼睛红肿手指粗糙，和啸啸一起剪贴装订，终于做出了属于他自己的笔记本！虽是简陋粗糙不甚完美，却也足够让孩子开心自豪。

带去学校的便当就更不用说了，我因为便当问题被老师多次“批评”：“妈咪，您可以把米饭捏成饭团给孩子吗？这么一大盒米饭让孩子如何下手？还有，您可以在圣女果上插上牙签吗，方便他们一口一个拿着吃。我给您看一下枫夏子的便当盒吧，您看这是小鱼形状的鸡蛋，这个章鱼是火腿肠做的，还有这个熊猫饭团多可爱，你看夏子吃得多好啊……”虽是国际学校，却也无可避免地秉承了不少日本传统。我心底呐喊着，这哪里是带饭，带的是脸啊！

每逢同学生日，寿星们都要派礼包给大家，里面会有糖果、彩笔、玩具等多样小东西，被排列组合分门别类地装在不同的小袋里，再配以皮筋、丝带、贴纸等装饰，百元店里的标准物件在妈妈们的巧手下立马变身为创意无限的小精品；逢年过节收到朋友的贺卡，上面除了文字，还常配有卡通插画、彩色图案、装饰水钻等，让人由衷地感到舒心开怀、童趣犹存；就连超市成批出售的儿童自行车座，有的被装上了坐垫，有的给套上了枕头，有的被穿上了彩色衣裳，有的还系着小铃铛、贴着小贴纸……它们整齐地站成一排，有序中闪烁着灵动。

带啸啸去医院拿药，护士总会在平常的药瓶上贴上可爱的卡通贴纸；去区疫所体检，叔叔阿姨们穿着带有机器猫、面包超人的小围裙迎接小朋友的到来；看到孩子过马路时，穿着制服一丝不苟指挥交通的志愿者们会自动蹲下，笑得眼睛弯弯的像招财猫似的跟他们逐个打招呼：Kon ni chi wa! 啊，此时此景就让人觉得，孩子就是天使，而每一个大人都像是还没长大的孩子。

白纸黑字的几十页家用电器的使用说明上，常常用漫画讲解主要操作步骤和注意事项；政府议员拉选票的演讲车上，也要将自己画成卡通人物高喊着口号；就连警察局的白墙上也贴着卡通形象的警察和坏蛋，告诉人们要如何防范。如此可爱的图解让再无趣的地方都瞬间变得生机盎然，让再无聊的内容都霎时变得亲切有趣，让人忍不住驻足多瞥两眼。

慢慢地，我发现了标准掩盖下的创意，有序身后的灵动，还有与保守形影相随的可爱。我明白了，“卡哇伊”不是现成的，是被一双双灵巧的手、一颗颗不老的心、一个个热爱生活的人创造出来的。所以每个“卡哇伊”都是原创的，独一无二的，与众不同的。所谓“卡哇伊”，并没有写在每个人的脸上，却真切地活在每个人的心底。

2012 年 10 月

红色小屋

一个红色小屋，一派满园秋色；在初秋和煦的午后阳光下，孩子游玩在前，朋友聊天在侧；推窗而望，海上白帆飘飘，身后大山傍之。温暖踏实，妙不可言。

周末受大桥先生之邀，我们左手一盘鸡，右手一束花，过桥渡河，翻山越岭，从一个孤寂的小岛途经喧闹的都市，又辗转回归隐隐高山。从海边到山上，从风平到心静，颇是另一番风景。

停车，出门，只见山上一片保守低调的日式别墅群中跳出一个红色的尖顶木屋，北欧芬兰风，简单洋气，与众不同，实为用心良苦之作。

屋前一片菜园，丝瓜爬得正欢，辣椒红得发烫；园子前一片空地，散着躺椅，支着烤炉。炉子强壮健硕，炉上吱吱作响，据说这是来自印第安人的真家伙，几经辗转终

与女主人在门前喝咖啡

客厅

手磨咖啡

壁炉

于到手，这不，“处女烤”就献给了我们，看着听着都是满满的诱惑。周围，堆着为冬日取火准备的木头和建造房屋所剩下的石砖，就那么放着，却一点不觉得多余，满眼都是自然与和谐。

就这样，我随便拉了把椅子躺下。闭上眼睛，任凭午后阳光在脸上肆意地亲吻；睁开眼睛，就看到不远处你追我赶嬉戏的孩子们。要不是主人提醒进屋，怕是我就要这样懒死过去了。

进了屋，发现屋内更是自然与简洁。家具甚少，一色的纯木，地，就是最好的家具：吃，就挖个洞坐下，睡，就铺个垫躺下。没什么装饰，没怎么布置，便利贴贴满冰箱，小食品洒满锅台，没有酒店般的整齐，却有回家后的放松。

看着看着，我突然想起自己小时候最爱去的奶奶家，也如同这般。去的第一件事就是扔掉鞋子冲到席梦思床上乱蹦，就算搞得再乱，奶奶也只是乐得合不拢嘴地假装嗔怪两句。如今有了自己的家，遗传母亲的习惯，总是要尽心尽力地把它打扮得如时刻待嫁的新娘。天天如此，一丝不苟，就是啸啸也不敢在家放肆，一旦忘记物归原处就会招来责骂。但凡有客要来，必是要提前两三天开始准备——打扫、收拾，再做上满一桌的好菜好饭，把自己累得毫无食欲了，只等着一群人吃完后给个好评便无以为憾……如今看来，这又是何必？我性本闲散，却争强好胜，又缺乏判断力，时至今日早已把别人的称赞当作自己的标杆，用别人的微词否定自己的一切，失去自己内心的准则和信念，酒席散尽后，谁还记得我是谁？

眼前的这个家，却是这么的真实：夫妻都是上班族，还有一个在上小学的女儿。一家人工作学习早出晚归，仍对一切家事亲力亲为，共同支撑着一个这么美好的小屋，一个这么和谐的家。即使今日有四家客人来访，他们也毫不刻意，安定自若，坦诚相待，并未因为我们的到访而改变原有的陈设和节奏，却让我们无比自然地融入其中，感受到真实的温暖。

正在砍柴的大桥先生

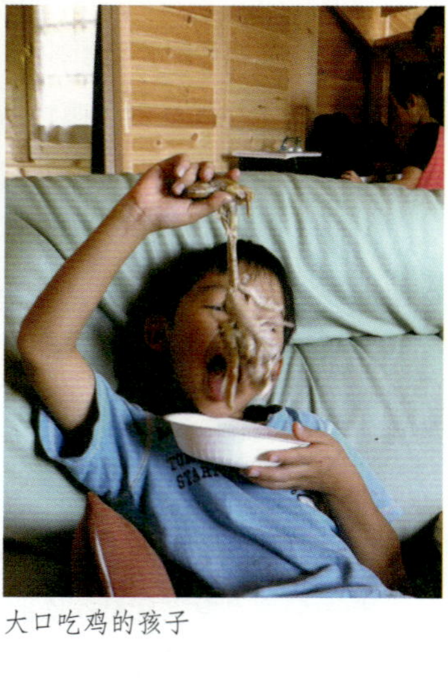

大口吃鸡的孩子

午饭是各家人带来的家常菜，大大小小摆了一桌然后开始自助，没有固定的座位，席地而坐，随处可吃。饭后孩子们疯玩着跑去搭木头、过家家、爬大山。大山就在屋后，小屋傍山而建，鲁迅先生说的“被走出来的路”赫然在前。孩子们爬累了，烤鸡也烤好了。那个印第安铁家伙被掀开盖子时，烟气缭绕，芬香四溢，再一尝，哇，外焦里嫩，还被各种香料侍奉着，配上了冰的清酒，怎一个醉字了得！再之后，女主人端上亲手烘焙的华夫饼，搭着自制的梅子酱，松软酸甜，入口即化。而大桥先生呢，则拿出他的手磨咖啡机，丢进一把咖啡豆不慌不忙地磨了起来，任凭时光流逝，光影重合，C’est la vie……

吃得差不多时，大桥问大家，要不要来点运动，说着就信步走向那堆木头，拿出一个立好，再从棚上扯下一个斧头，摆正姿势，预备，吸气：一，二，三，咳！男人们看得热血澎湃，为了保全面子，一个个都要上前一试，然后才知道什么叫自取其辱；女人们呢，只是端杯刚磨好的咖啡，站在屋檐下聊天，远远地看着自己的男人可爱地逞强，然后一笑而过。

美景美食固贪恋，纯净心境更向往：闲散、自然、舒适、真实。即使明天还要早起，即使这只是偶然相识的一个家庭，此时此刻，我却愿静静地守着那渐渐落下的夕阳，在此处一醉方休。

2012 年 10 月

国际日

每一个在国际学校读书的孩子都会有一个共同的节日：国际日。是的，每一个国际学校都有这么一个日子，也许叫法有些不同，但意思是一样的，就是在今天，各国孩子会穿上各自的民族服装，代表祖国，展示民俗，欢聚一堂。

啸啸所在的Canadian Academy（CA）的这一天叫作“FFF”，分取快乐（fun）、食品（food）、集会（fair）的第一个字母，直译过来就是“欢乐食品集会”，由PTA（家长教师协会）主办。在这一天里，每个国家或地区各分得一个摊位，要向剩余的几十个国家的人民兜售食物，所赚得的钱全部捐给学校的PTA，作为平日的活动基金。

这种吃力不赚钱的事在国内怕是没几个人会感兴趣吧？而在这里，且听我慢慢道来。

话说在CA上学的中国孩子很多都是某司的子嗣，因此，某司的同事顺理成章地就是每次集会中国队的项目经理。今年轮到Lily，只见她将某司项目管理中的时间进度表、职责分配图、PDCA、SOP等理论与经验都运用了起来，为本次项目的成功打下了坚实的基础。

开会三次，邮件几封，电话若干，联络到了十余位在CA读书的中国孩子及家庭。很快，大家将中国摊位兜售的主要食品确定为：饺子！分猪肉白菜和韭菜鸡蛋两种。具体分工为四家人拌馅儿，两家人和面，剩余的人到现场，一、起、包！

除了拌馅儿，我们家还被分到一个特别的任务就是：代表中国队游行！之所以安排给我们，主要是因为啸啸小，听话，让干吗就干吗，不像其他家的青春期孩子，有自己的独立思想，已对这类活动不屑一顾了，再想把他们打扮成皇上格格绕场一周还要向观众挥手致意，基本算是要他们的命吧。此时的我有五个月身孕，所幸身体还不算太笨拙，不仅没有怯场，满脑子想的还是：这恐怕是我生产前的最后一场盛宴了，一定要携全家盛装出席！

唉，前公关人的职业病吧，一有活动就激动。

那天下午，扫空了超市所有的肉馅和白菜韭菜，回家后和老公双刀齐下一直剁到深夜。好不容易准备完毕，疲惫睡去时，凌晨竟然还来了场6.3级地震。

天亮了，又迎来一个美丽安详的早晨。起来后啸啸穿上了从淘宝淘来的皇帝服，老公穿上从箱底翻出的大学时代的话剧演出服，我呢，也总算把自己勉强塞进那件一直没机会穿的白色旗袍中。旗袍上腊梅怒放，好像我此时呼之欲出的身体。刚准备就绪，门铃响了，项目经理Lily准时上门来接。于是乎，带上昨夜准备好的饺子馅儿、案板、擀面杖、盖帘儿——丁零当啷，上车，出发！

到了现场发现平时见过的没见过的、脸生的脸熟的华人们，一时间全都出现在这儿了！呼啦啦的几十口人，聚集在中国摊位里，有的和面，有的擀皮儿，剩下的大部分人一起包饺子。我突然一阵感动，饺子啊饺子，永远是华人们解不开的情结。

今天中国摊位的目标是卖出2000个饺子。很快，我们一家也加入了流水线：老公进入擀皮组，我大着肚子比较容易招揽生意，于是加入吆喝组，啸啸呢，也像模像样地被招入收银台帮忙收钱去了。

偶尔见到熟人，打个招呼，寒暄两句："嗨，来份饺子吧！""得嘞！那啥，今天早上地震了你知道吗？""哦，知道知道，嗯，这个饺子真好吃！再来一份！""哦，好的好的！"一边盛饺子心里一边嘀咕：你看你，新来的吧，这种地震常常有，在人家眼里根本就不是个事儿！

这边正忙活着，广播里开始通知游行即将开始，请参加游行的家庭到大礼堂准备。于是，就这么被前后簇拥着集合排队，然后，然后，然后就等着开始吧！

紧张，紧张，紧张。即使搞过一百场活动，参加别人的活动时仍免不了犯怵。心中一边默念着：我叫"不紧张"，一边强撑出无所畏惧的表情。低头一看啸啸，嘿，这小子正没心没肺地和身旁刚认识的大哥哥嘻嘻哈哈玩得正欢呢！看来关键时刻，孩子总是最无知无畏的。

"Next，China！"啊，要出场啦！拿着国旗，硬着头皮，走吧！刚走两步，发现不行，国旗把啸啸挡住啦！"啸啸，你快走到国旗前面去！"我喊道。又走两步，不对，老公怎么不见了？"喂，老公！"大喊一声，反正别人听不懂！环顾一周突然发现他正从"北纬75度"的厕所方向急火火地往这边跑，咳，关键时刻怎么都这么没出息啊！稀里糊涂跌跌撞撞地马上要走进主会场门口时，突然看见了我们温暖的中国摊位就在大门旁边！这时所有的同胞们起立为我们欢呼鼓掌拍照鼓劲，霎那间我被感动激励得精神饱满，雄赳赳气昂昂地迈进了大门！

耳边音乐阵阵，周围掌声雷动，闪光灯不停，只听见广播里主持人的一句"China has the most population of the world..."（在这个拥有世界上最多人口的国家……）人口啊，人口果然是我国的头牌啊！ 后面就听不见了，

国际日代表中国队游行

国际日的孩子们

我完全迷失在了五颜六色的旗帜和人潮中。

一圈走下来也就是10分钟，我却觉得无比漫长。结束后啸啸仍旧劲头十足地上蹿下跳和他的同学们亲热合影。Lily比我还激动，跑过来握着我的手不停地说：“太棒了，太棒了，好几年没走得这么棒了！”“嘿嘿，不好意思，哈哈，多谢领导肯定！”

一个小时后，所有国家游行完毕，大礼堂里开始了各种文艺表演，来宾们看得津津有味。而我们呢，也默默地回到了工作岗位，继续今天的饺子战。

从上午9点到下午3点，我们的中国摊位共卖出2700个饺子，5个饺子一盘，一盘饺子300日元，共收得16万日元，再抛去各种成本，大约净赚10万块！位列“世界”第三！

第一名是韩国摊位，主要原因是人家的单价高，一盘牛仔骨就600元！而且才三个！不过肉香不怕价格贵，大家还是蜂拥而至；中国台湾摊位也业绩不错，单是珍珠奶茶就卖出一千多杯！是啊，偌大一个会场，卖水的仅此一家啊，这是战略的胜利啊！真是学会选择比埋头苦干更重要啊！而欧盟摊位的蛋糕则是我的最爱，各式各样，形态各异，各具风味，完全不敢相信家庭作坊也能烤出如同酒店陈列般精美的蛋糕！如果有一个最具卖相奖那非他们莫属！而且吃完之后还满口余香，绝无满口大蒜大葱之烦恼。真是不同国家，不同文化，无论输赢，各有千秋啊！

一天的活动很快就结束了。非常感谢这次经历，感慨同胞们的团结与努力，感慨各国文化的差异与美好。身在国外，你代表的就是中国，你的一言一行，一招一式，一盘饺子一碟醋，传递的都是中华文化，你怎样，中国就是怎样。在深深感到民族自豪感的同时，我们也有了更多的责任感和使命感。没错，因为国与你，你与国，已无法分割，合为一体了。

2013 年 4 月

遭遇地震

晚上接老公下班回家，突然发现我们的小区竟被警车包围着。出啥事啦？回到家一开灯，灯不亮；一开火，火也不着！完了，这才醒悟，这是断电断气啦！我们居住的是人工岛，水电气都是经专门管道运输过来的，没想到专管专用还会出问题！唉，不管咋样，饭是没法做了，于是拖家带口气鼓鼓地重新出去找吃的。

出门却看见了街上许多平日难得一见的邻居，大家神情自若，依然礼貌谦虚地问候着，井然有序地等待着。再走走，发现了一批批的交警车、施工车、电力车已陆续到达。交警拿着信号棒指挥着交通（虽然这条街根本就没几辆车通过），穿制服的工作人员拿着对讲机通着话，施工队员操着工具按指挥忙碌着。这应急程度和重视程度顿时让我觉得是大难临头了！找了个小餐馆，随便吃了点。一小时后重回这条路，警车已经不见，各家各户早已灯火通明，一切又恢复了往日的平静。

啸啸学校国际日那天，凌晨5点，我被一阵阵“轰隆隆，轰隆隆”的声音吵醒，睁开眼气呼呼地转身骂老公：“你有病啊，摇床干吗！”老公反手将我按倒，低沉又坚定地说：“别动，地震！”

又是一阵更强烈的“轰隆隆”随之而来，吓得我大气不敢出，更不敢动，大脑一阵空白。我呆呆地望着天花板想这可如何是好，啸啸还在打呼噜，肚子里还有一个，我一挂就是两条命啊！要不要跑？那啥，房顶，房顶别掉下来，先给我点时间穿上衣服。激烈的思想斗争了几十秒，那阵“轰隆隆”竟然就这样走了，再没有回来。

我半舒了口气，半开玩笑地对老公说：“原来这就是地震啊，也没啥嘛！”剩半口气没敢松，心有余悸地跳下床，推开窗看看外面有没有乱成一团，有多少人跑了出来。拉开窗帘发现，此时的社区和往日一样平静，银杏树枝叶未动，马路上波澜不惊，天空边出现第一缕晨光，太阳快要出来了。关上窗，我长舒完剩下的半口气，倒头回床，继续一觉睡到大天亮！

起来后，四周依旧如往日般寂静，仿佛什么都没发生过一样。打开手机却顿时跳出了新闻头条：日本兵库县淡路岛于今天早晨5点33分发生6.3级地震，23人受伤。6.3级，淡路岛，距离我家100公里，车程1小时。突然想起几年前的汶川7.8级地震，汶川离我父母家也是100多公里，他们的房子被震得处处裂缝，难以修复，如同刻在人心头的刀疤。通信、交通、媒体一时间全部中断，亲朋好友失去联络，灾区人民夜不归宿，所有人心惊胆战，损失惨重。而在这里，就是一个平凡的早晨，一眨眼就过去了。

今年4月20日，我的家乡四川再次迎来7.0级地震，震中雅安，离我的父母家仍然不远。看到新闻后战战兢兢地立刻给家里打电话，所幸，父母安好。然后匆匆赶去接啸啸放学，刚到教室门口几位日本妈妈便迎了过来，急切地拉住我的手，忧虑而期盼地看着我问："你的家乡四川地震了！你的家人还好吗？"

我有些感动，握住她们的手说，还好，他们都好，谢谢你们。

谁知我刚一说完，一位妈妈当即就哭了，越哭越厉害，止也止不住。这可把我吓坏了，我赶紧过去抱住她说，别担心了，没事的。她抬起泪眼，抽泣地说："对不起，我没事，我只是想起了那年我们的灾难。"

她口中的灾难就是2009年东京8.0级地震。亲身经历的一位中国朋友这样对我讲述："地震爆发之后大家没水没食物，于是国家当即下令开放全国所有的饮料自动贩售机，所有人都可以根据需求免费去拿水。然后在她看来无比神奇的事情发生了：每一个人，每一个去拿水的人每次都只拿了一瓶水。"

虽然事情已过去许久，朋友说起时仍是忍不住地感慨落泪："没有人哄抢，没有人私囤，没有人趁机倒卖，没有人借机发泄不满，自动贩售机那里没有人监控，可是每个人就那么安静地，默默地，拿一瓶就走。"

"如果我觉得一瓶不够呢？"我嘴贱。

"那你可以拿两瓶，理论上你想拿多少都没人管。但实际情况是，每个人心里都想着还有更多的人比我更需要帮助，每个人都只拿了一瓶。"

…………

"即使震灾后超市没有食品卖的时候，想起老人家以前说过的'现有的东西怎么也能应付'这句话，我们并没有慌张。"那位流泪的妈妈最后擦干了眼泪，郑重地说。

有人说这是一片被诅咒过的土地，却何以造就这些奇迹？孤立之岛，没有资源，地震火山海啸不断，可是，这些却最终成为了日本人民团结、珍惜、坚韧和自强的源动力。日本妈妈在教育孩子的时候都会对他们说，我们的国家资源不足，所以我们必须更加努力。而国家，在处理任何大小灾情时也都同等重视，反应迅速，全力帮助人民渡过难关，并防患于未然。

学校单位会定期进行地震海啸演习，每个家里都常备着一箱水和紧急情况用品包。我家的房子，也有一条紧急情况下使用的地道，尽管几十年来从未使用过。这样，当灾难来临时所有人都会井然有序，从容不迫。

2013 年 7 月

主妇的优雅

最近我有一个重大发现：这里凡是举止优雅端庄贤淑的女士竟然都是家庭主妇！而所谓的working women（职业女性），包括白领、中介、服务生等，反倒有些不修边幅、不拘小节。

这跟国内完全就是反过来的嘛：家庭主妇一天到晚穿着睡衣睡裤满街转，而上班族才是时尚潮流的风向标。后来跟友人聊起时得到的答案是："你难道不知道？家庭主妇才是身份地位的象征哦！不需要起早贪黑朝九晚五地给别人打工为生计奔波，可以自由掌控自己的时间，在家尽责之余或许还能做些自己喜欢的事情，能当好家庭主妇的女人啊可都不简单呢！"

咳咳，首先是她们的老公不简单吧。我暗爽一下。

夏天的小河边，每天都有三五成群的日本太太们坐在那里，一边聊天，一边带孩子，见人不管认不认识都会友好地微笑点头。她们的标准装束是：宽沿帽，宽松素色上衣，过膝七分裤或及踝长裙，穿袜子，经常还佐有手套、围巾等配件，她们妆容精致地撑着小阳伞，走到小河边，然后铺上地垫，再把几个大大小小的包一字排开……

每每走过她们身边时，我都忍不住自惭形秽地加快脚步离开。我粗枝大叶惯了，最常出门装束就是吊带、热裤、人字拖，带啸啸的话最多再背个双肩包，不化妆、不打伞，更别提那乱七八糟的可能连名字都叫不出的配件和装备了。

说说带啸啸去水上乐园的经历吧。

论大，论刺激，论好玩，都没办法和中国比，但是在这里我又看到了厉害的主妇们。

走进去首先发现的是与国内不一样的更衣室和淋浴间：一人一间。这里没有挤在一起脱衣服、穿衣服、搓澡、吆喝的肉身，每个妈妈选好一间，拿着包包带着孩子走进去，拉上帘，然后该干吗干吗。这样可以让孩子从小就知道保护自己的隐私，并尊重他人的隐私。

换好衣服后，妈妈们便拿着自带的装备出去了。这么小的地方，那么多的人，公共的椅子阳伞根本就是供不应求，但是没关系，大家全都自己带！

据说日本也是camper（帐篷旅行者）最发达的国家之一。说起来也是奇怪，国家那么小，房子那么小，怎么每家就能装下那么多东西呢？世界上应该没有哪个国家比这里的人更不怕麻烦了吧！因此也带动了日本另一个产业的兴旺：收纳业。

只见每家大概两三个孩子，小朋友戴着盖着脖子的“皇军帽”，穿着长袖泳衣避免晒着肩膀胳膊；妈妈们铺好地垫，撑起帐篷，打开折叠小桌子摆好便当，检查一下孩子们的着装，然后拿出各种水上玩具。

他们把中国的书法发扬光大，称为——书道

周末必备节目之打火锅

偶尔也来个日式晚餐

在国内谁去水上乐园玩还要自带一车的装备啊，我们就是来玩的啊！我愤愤地想。可是拉着啸啸玩了一会他就喊累喊饿，唉，毕竟还是孩子，经不起折腾。可这里也没什么卖食物的地方，幸好临走前揣了早餐剩下的半个面包！于是我直接把浴巾铺在了地上，没有遮阳，没有桌子，没有玩具，只有半个面包。我们俩就这么坐在上面，肩并肩地啃了起来。此时此刻，我特别想感谢啸啸，是他陪我一起经历在日本期间的一个个第一次：一次次尴尬、一次次成长。

除了妆容装备，日本家庭主妇的持家之道更是让人叹为观止。

我们去超市买单时都会拿到一张收款机打印出来的购物清单，这张看上去十分普通的购物清单我一般随手就扔了，而日本主妇拿回家却可以派上很大的用场。

“我每次回家就把购物清单贴在冰箱上，每次用完了肉啊菜啊，我都会用笔画掉，比如今天用了洋白菜，我就会在购物清单上的洋白菜上画一道黑。鱼用完了，我就会在鱼上画一道。”那天在超市，由子拦住正准备扔清单的我说。

“为啥啊？”我十分不解。

“这样就可以减少打开冰箱门的次数，可以省好多电呀。”由子得意地笑着。

在经济、文化、科技等各个方面都很发达的日本，女性做家庭主妇的比例却位居世界之首。可真要当好主妇不是一件容易的事，她们不但是家里的一把手、丈夫的贤内助，还得是精明的理财者。这个在全球消费排行榜上居高位的国家，日本主妇却几乎个个是节俭高手。普通家庭丈夫每月的工资都会汇到银行账户，扣除掉住房、汽车贷款之后，如何合理使用剩下为数不多的钱，是日本主妇必须面对的现实问题：如何把饭菜做得营养搭配合理又美味可口，如何把丈夫、子女一年四季的穿着用度打理好，如

清晨起来，阳光洒在餐桌

何在年节假日期间让家人享受度假旅游的乐趣，同时又要控制开支等。为了一家人的衣食住行，日本主妇可谓是煞费苦心。

日本的主妇普遍受过良好的高等教育，管家自有一套，家政人员自然不能和主妇们同日而语。而在教育后代方面，她们则承担着更加重要的责任。日本工薪阶层的男人们工作繁忙，下班后还要有应酬，平日很少与孩子见面，更不要说与孩子交流思想了，因此教育孩子的任务由妈妈们独立承担起来。周日，一大早就见到真纪带着孩子在超市买菜，一问，才知爸爸还在家睡着。本想为她打抱不平，她只是慢声细语地解释说："昨天半夜爸爸才回来，让他多睡一会。带孩子做家务本就是我的工作。"

一般的日本孩子放学后都有一两个课外班要上，小学高年级的学生主要是为了考一个好中学去上私塾补习班，幼儿和低年级学生则以兴趣为主，往往一动一静配合，足球、棒球、空手道、钢琴等都非常受欢迎。因此主妇们在围绕着子女关系的交往中，也建立了自己的活动圈子，找到了育儿生活的乐趣。

和日本主妇们为家庭无怨无悔的奉献相比，在日本的中国女性则比较喜欢在外面工作，多让孩子上保育园，因为保育园可以保证不影响早出晚归的妈妈们工作。而我，也算是在日本的中国女性中积极向日本主妇靠拢的一位吧：没出去找工作，每天朝九午三，在孩子上幼儿园的时间内，需要完成打扫洗刷整理买菜等家务，3点骑车接孩子，孩子放学后有时去课外班，不去的时候就在外活动一会儿后回家，5点开启准备晚饭模式，7点老公回来开饭，伺候一大一小吃完洗完玩完到9点孩子睡觉。所以每天真正属于自己的时间也就是上午在家务之余挤出的两个钟头，和晚上孩子睡去后的两个钟头。

但和日本的主妇们比起来，这已经很悠闲了。至少我还能抽些上午的时间学习花茶书画，抽些午饭的时间会友畅聊，然后在夜深人静时，还能写写文章倾吐心声……

日本的主妇们是全心全意心甘情愿为家庭付出的一群人，是精打细算细节至上的一群人，是勤勤恳恳坚韧顽强的一群人，是无论内心如何澎湃都会让自己穿戴整齐、妆容精致、笑靥如花地出现在你面前的一群人。

她们每天早起、运动、吃八分饱、泡澡放松。日本女性的平均寿命为85岁，居全球之首，长寿的原因除了地理位置、气候条件等自然因素外，与她们的好心态和精致、健康、规律的生活方式更是密不可分。

当填写各种表格的职业一栏时，她们会毫不犹豫地填上“家庭主妇”。家庭主妇就是一种职业，没有人认为家庭主妇的社会地位比其他职业低下，日本政府的统计报告，也会把家庭主妇的劳动换算成产值并统计到GDP中。

无论是由才华横溢的外交官转身隐退为太子妃的雅子，还是正值巅峰而急流勇退的山口百惠，还是如我等般普普通通的草根百姓，结婚生子后回归家庭，家务劳动社会化俨然已经在人们的心中扎下了根。我觉得，并不能简单地说她们是为家庭放弃了事业，而应理解成她们把家庭当成事业去经营；更不必觉得她们为家庭牺牲了自己，所谓为了家庭何尝不也是为了自己？

男人和女人不仅性别不同，心理和生理特点也不同，因此女人通过与男人做一样的工作、从事一样的劳动来竞争追求社会平等地位也许是一个误区。而像日本妇女一样，通过与男人的不同分工从而实现自身的价值，不也很好吗？而我，能在典型的主妇社会中当一名不那么典型的家庭主妇，更是何其有幸！

2013 年 10 月

第三章 亲子课堂

男孩的眼泪

今天第一次带啸啸参加国际俱乐部的英文游戏组（English Playgroup）的活动，果然不出我所料，他又是大哭几场。

总结一下哭的主要原因：一是和小朋友抢玩具起冲突；二是听不懂老师的话；三是精力过剩东跳西跳然后摔跤……但最主要的还是抢玩具时不会处理冲突，只知道求助于妈妈。不过妈妈也有问题，以前很少带孩子，加上性格软弱，当孩子和其他人出现争执时，妈妈只是习惯性地当和事佬，更多的时候是不分青红皂白地先批评自己的孩子，以牺牲自己保大局。现在我开始反省：真的需要这样吗？这样的行为无疑让孩子的内心需求愈发不能满足，情感愈发得不到理解，而且这传递给孩子一个信号：我都是错的，别人都是对的。于是孩子将更加软弱、封闭、不自信。

“要给孩子内心渴望的烈火找到一个出口。”我对自

ATHLETA
Amitie
ATHLETA
Amitie

己说。于是，每当再遇到抢玩具的情况时，我会明确地告诉孩子们先到先得，大家轮流玩，一人玩几下，然后在一旁帮他们数着；而当别的孩子不听话动手打人时，我也会果断地拉开并坚定地要求他或他的父母道歉。以前啸啸一撒娇就会被我勒令禁止：Come on，你是男孩子啊！可是现在，我认识到无论男女，他们都需要一种方式去宣泄、释放自己的情感，或撒娇，或大叫，或摔东西，或哭泣……这个社会上，男孩子从小就被寄予了更多的期望与要求，作为父母的我们不应因为性别对孩子做过分的区别。试着更好地去理解他们吧，并在背后给他们足够让其前进的力量。

孙云晓老师的《拯救男孩》中提到，男孩本身就比女孩晚发育很多，如果只是因为他是男孩子就不分轻重地对他要求更多，他们反而会产生更大的心理危机。男孩子长大之后需要承担更大的责任，需要更加勇敢和坚强地面对生活的挑战，然而这一切的基础，却来自他从小是否得到了父母足够的理解与爱，是否具备辨别是非的思想和能力。

想想我的最大期望，无非是尽己之力，助他快乐地追求梦想。一切都在路上，妈妈与啸啸共勉。

2012 年 8 月

托儿所初体验

随着啸啸入园计划的一步步实施，我们也一次次地接受着打击。

周三，啸啸第一次接触international pre-school（国际托儿所）。虽然只是参观，情况已十分不妙。最不妙的不是他想妈妈，而是交流不畅彼此不明，于是紧张不已、畏惧不堪。而我在其中最大的领悟便是：妈妈千万不要在中间瞎掺和。你顶多就是个翻译，在适当的时候帮助老师和孩子理解彼此的话，但绝不能在中间自作聪明，擅自替孩子作主。

我拜托老师，希望您对他多一点耐心和鼓励。语言的障碍既已成为主要矛盾，麻烦您就慢慢来，耐心讲，连说带演……啸啸是一个自尊心强、进取心强，同时敏感细腻，一不小心可能就会由于误解而受伤逃避的孩子，所以请一定要多多鼓励多多帮助，相信他是可以的！

INTERNATIONAL
PRE-SCHOOL
托儿所初体验

世界全図
France
Japan
Australia
New Zealand
America
Colombia
世界地图

周四上午10点准备托管一小时，不敢奢望什么，看看再说吧！

周四到了，啸啸终于要独自在那待一个小时了。那一小时之漫长足以让我在幼儿园门口徘徊几千个来回。终于，时间到了！当我迫不及待地冲回去时老师迎上前来，惊喜且肯定地竖起大拇指说：“他太棒了！我在怀疑这真的是他第一次上托儿所吗？前50分钟都非常好，积极参与活动，只是最后10分钟有些想妈妈有些不安。”

看着从老师身后冒出的有些泪眼蒙眬的小人儿，我当场非常笃定地表扬了他，然后花了半个多小时和他谈心，希望与他感同身受，希望帮他排忧解难，希望用妈妈的温暖给他更多的信心和力量。他的情绪也逐渐恢复。回到家我们一起为第二天半天的托儿所生活准备便当，准备游泳衣……深夜，我开始填写托儿所要求的长达5—6页的入园准备书，忙得不亦乐乎，对明天充满希望！

然而第二天一起来，啸啸并没有像第一天那样对托儿所那么向往，但总算还是在我的鼓励下带水壶、背书包、装便当和泳衣……状态逐渐好转，一路一边小跑一边说：“我是上幼儿园的小朋友了！”送到门口，跟老师再次进行了沟通与确认，保证对当天的课程设置都了如指掌且都彼此满意后，我才安心地和啸啸goodbye kiss，转头奔去上我的花道课。

谁知，三小时后当我再度出现在幼儿园门口时，见到的却是一个背对着我，背着书包，浑身抽搐不止的被老师抱着的啸啸。打开门，看到我，他那满腔的委屈只凝结成一句结巴的话：“妈妈，我想……我想回……回……回家！”

我很惊讶也很好奇，老师也无比抱歉地跪坐下来跟我说：“他今天的表现没有昨天那么好，他大部分时间都在哭，不去游泳，不去吃饭，也根本不让别人动他的东西，所以整个上午都背着书包不放下。他尝试过想推门离开，发现打不开后，他就哭得更加厉害……哦，我记得你的入园表上写到他喜欢音乐，我今天就专门延长了播放音乐时间，果然那段时间他不哭了，可那之后他又不行了。”“怎么，怎么会这样呢？”我不停地问自己、问啸啸、问老师，老师无奈地说：“这该怎么解释呢？我，我只能抱着他走来走去，我想让他知道我是他的好朋友，我会保护他。话说，他还真的挺重的。”

我看着跪坐在我面前不到一米五的瘦小的日本老太太，再看着蜷缩在我怀里快40斤的不断抽泣的大男孩，我一时不知说什么是好……末了我只能说：“不好意思，给您添麻烦了，老师。”

这一天我的状态都很差，差到晚上胸口闷得无法写作。啸啸倒好，被放出来后很快就没事了，嬉皮笑脸的，还哄我开心，这反倒让我更是冒火。晚上，筋疲力尽的我等到更加筋疲力尽的爸爸回来，一家人继续筋疲力尽地坐在一起谈论啸啸的问题。啸啸不太想面对这么紧张严肃的气氛，任你千言万语好说歹说威逼利诱还是声泪俱下，他始终躲在桌子底下，反复说的只有一句话：“我不想上学，我想妈妈，我想回家。”

现在，我只能平静些，将原文记录下来，办法，目前我也是没有的。

2012年9月

约法几章

这个周末，难得老公在家。我很有感触，夫妻好不容易在一起了，讨论最多的话题还是：孩子的教育。

这真是一个严肃到不想面对却又不得不正视的问题。我们不得不承认，和当地孩子比起来，作为一个男孩子，啸啸非常娇气，再说不好听一点就是有些“娘”了。因为我之前很少陪他，现在很想补偿，同时深信对这么大的孩子最重要的就是无条件的爱！加上啸啸又有眼色，动辄还撒个娇嗲一下，我的心再硬一时也就软了。想着娃还是个好娃，长得又帅又懂事，走出去人见人爱，虚荣心一膨胀，本来该有的一些要求也就算了。

但通过阅读和老公的讨论，我发现所谓“无条件的爱”是对三个月以下的婴儿做的事情，而从之后到三岁，更重要的是要帮助孩子逐渐独立，接受分离。因此现在对孩子真正的爱应是帮助他尽早学会自理、自立、自强，而不是拿出去给人show的。

我前老板说过，有两种人最不要做：为别人而活的人和活在别人世界的人。而我自己何尝不是这样的一个典型：曾经走过的每一步无一不是符合时代要求，遵从父母之命，接受着旁人的鲜花和掌声的。以前我也没想过这会有什么问题，因为我早已经把别人的喜好当成自己的标杆，我活着的意义就是为了让别人满意。

所幸，那一点点“不安分”的星星之火一直在内心深处闪烁，只待一有机会，便以燎原之势爆发。因此才有了大学远离家乡，工作继续南下，如今东渡扶桑……我开始在另一条路上愈走愈远，而且，不想回头。

那么啸啸也是。不到三岁的他对人礼貌，听话懂事，擅长交际，在国内人见人爱拍手称赞，为人父母的我们自然也觉得脸上有光。然而，别人口中的好就是衡量孩子优秀的标准吗？

到了这里，我们亦发现他非常依赖于外界的反馈，但因为有了语言的障碍，失去了最能展现自我又最能激励自己的通道，他顿时变得有点无所适从。于是我问他，遇到困难时你先不要问别人，自己想想该怎么做好不好？他一脸茫然地好像听不懂。我担忧，这样的价值取向会不会把他变成下一个我？

现在的他只能从父母这里找到最基本的安全和认可，他开始撒娇要东西——有了“无条件”的爱，他无须费吹灰之力就能拥有所有他想要的东西，甚至在他开口之前，为了保护他脆弱的自尊和虚无的安全感，妈妈就已经主动置办到位；他不懂付出，只知索取——在他的世界里物质所得都是天经地义，一切东西都可以轻而易举花钱买到；他不愿思考，只是询问——他对一草一木一花一世界没有自己的理解和想象，他只觉得妈妈会主动告诉他一切道理；他的生活还不能自理，也缺乏时间观念，他不明白说话算数的意思，他只按照自己的意思为所欲为。

对于啸啸今天的样子，父母负有很大的责任，我们希望他能成为一个对这个世界有见解、有担当、自信坚强、诚信感恩的孩子。因此，从今天开始，我们决定与他约法几章：

出门在外自己走，自己的东西自己拿。累了可以休息，但不可以要父母抱或帮忙。

遇事多思考，提问之前请先说出你自己的想法。

说话有信用，说好的事情不容讨价还价。

自觉自律，包括按时起床，吃饭定时，到点睡觉……过时不候，父母不陪，若不能做到画叉叉，一个叉叉扣一个贴纸。

自理自立，包括自己喝奶、吃饭，穿、脱衣服，自己刷牙、洗手、洗脸，还有学着自己玩。有困难可以请爸爸妈妈帮助，但每天要有进步，爸妈不包办。

若表现好由爸爸妈妈奖励贴纸，积满十个贴纸时可满足一个心愿。若做不到时画叉叉，严重时进小黑屋time-out。

于是今天，在我们的要求下，啸啸跟着我们从家里走到了海边再走了回去，虽然途中几次故伎重施耍赖要抱，后来看爸妈毫无反应还是自己坚持走到了终点。午后，太阳当空，几公里的路看不到边，走得我都要中暑，而啸啸的表现让我惊讶于孩子的潜力，惊叹孩子的可塑，亦惊喜于孩子的成长！同时也愧疚自己本应早些给出指导，时常陪他反省总结，然后再接再厉！

一路上，啸啸不断地被独自骑车的小朋友、背着妹妹的小哥哥、烈日下正在练习的棒球队，还有坚持长跑的大学生们鼓舞激励着。看到他大大的瞳孔中映射出希望的光芒，相信他小小的内心正在打击中愈发强大，希望他能明白爸妈的良苦用心，祝福他早日成为真正的自信有为的小小男子汉！

毕竟他三岁未满，希望一切还来得及。

2012 年 9 月

择校参观日

之前送啸啸去的托儿所，虽然也是international preschool，但规模较小，就安置在Expat公寓楼里，师资主力为日本欧巴桑，需要时努力地说几句日式英文。送他去只是想过渡一下，其目的一来是希望他开始逐步适应国际环境的集体生活，为之后的正式入园做准备；二来也正好解决了我上课时他无人看管的难题。

虽然经历了之前的托管风波， 但上学终究是件大事，必须得继续努力，不得松懈。

岛上最有名的国际学校就是Canadian Academy（CA）了，更有甚者，传言它是全日本最好的国际学校。经人介绍，我联系上了CA附属托儿所——Peter Pan的老师，约好时间，准备届时前去参观。

约好9：30见面，我们提前10分钟到了。先围着学校走了一圈，果然感到豁然开朗：CA的教学楼区有一个足球场那么大，外加几个运动场、几个礼堂、一个餐厅。进进出出的几乎见不到亚洲面孔。

9：30到了，赶回托儿所时忽然发现老师们牵着小朋友们的手出来了，鱼贯而行，很有秩序，没有声音，大家手拉手地走到马路牙子上坐下，然后继续保持肃静。

这是要干什么，看这架势还能参观吗？好容易看到迎接我们的老师，我大老远地赶紧挥手呼唤，老师此时正一手牵着一个孩子排在长长的队伍中，看到我们后非常镇定地比了一个“嘘”的手势，待走到我们身边才轻声说：正在进行地震演习。

这就是传说中日本托儿所的必修课吧，今天算是撞见了，还像模像样的。10分钟后，演习结束，孩子们回到教室继续上课，老师终于有时间和我们交谈了。

此次参观前我做足了功课，笔记本上记录了若干待咨询事宜，脑子里还翻滚着诸多潜在问题，对于我这种不分重点、凡事较真、啰唆不停的人，我也担心该怎么说才能让老师耐心听完还不嫌烦。

结果刚开始跟老师对话我就发现我的担心完全是多余的，她用胜过我一百倍的认真和耐心听我说话并为我介绍，那日复一日和孩子们接触练就的亲和力和同理心，让我与她的对话变得顺畅且安心，只觉得孩子交给她教育该是多大的福气。

我告诉老师，您可得有心理准备，这孩子一开始可能会非常不适应，之前尝试上过托儿所，非常失败，他排斥别人，一直抱着自己的书包不让人动，还试图逃跑未遂，拒绝跟别人交流，两个小时一直在哭。

老师温柔地看着我，等我啰唆完拉着我的手说：“你知道吗？这样的孩子才是今后要成大器的呢！”

呃？

“我在这里这些年见过不少的孩子，那些一开始非常倔强（stubborn），坚持自己想法，一直哭闹的，长大之后却开始凸现他们的与众不同。因为他们清楚自己想要什么，且极具领导力（leadership），很快就能脱颖而出。曾经有一个孩子，在我的班上哭了半年，6个月哦！天天在哭！结果现在，他去了日本最好的大学，放假回家看望我时居然还为他自己小时候哭闹的事道歉，他竟然都还记得，当年来的时候他只有两岁。”

我一时蒙住。我一直在怪啸啸为什么要哭，为什么这么不听话，为什么不坚强不像个男子汉？可是想想在他小小的心灵里面其实是多么上进、多么失落、多么希望被人关注啊！当他的愿望和现实冲突时，他感到不安全和挫败，他只能用他想象的方式抓住仅有的能给他信心的东西，用哭闹发泄他的不满和不安。至少……至少我应该接受他的情绪，试图了解他的想法，才有可能帮到他啊。

“那些一直很乖的孩子”，老师接着说，“长大后，反而失去了自己的想法和主见，以让大人满意为自己的人生目标，这其实是很可怕的。”

“Oh my god，that’s me！”（噢，那不就是我吗！）我忍不住脱口而出。是啊，一直在别人的期待中生活了这么多年，直到现在，才开始慢慢了解自己的喜好，努力有了自己的态度。我花了二十多年明白这个道理，所幸，两岁多的啸啸在这么小的年纪就已经有人懂得欣赏他爱护他，为其人母，该是多么欣慰！

被老师的话鼓舞的同时，还是要把丑话说完。我跟老师说，他最大的挑战就是语言，不会英语不懂日语，他没法懂别人又没法让别人懂自己……如果需要的话我在家可以先教他，或许您可以给我一些让孩子快速学会英语的好方法？

老师再次温柔又坚定地看着我说：“No rush.”（不急。）不急？不急怎么行，他没办法适应，他很痛苦，我们都痛苦！老师再一次认真而坚定地说：“真的没关系，不要急。”

“作为母亲，您最重要的是让您自己成为孩子心中最爱的和最依赖的人，您要跟他说母语，用母语交流出深度的思想和情感，可以适当补充些简单的英文单词，但是，还是不要急，不要强迫他生活在不舒服的语言环境里，不要让他因为语言的问题而离您越来越远。”

“我这里之前有一个孩子，妈妈的英语非常好，好得已经和native speaker 一样了，上托儿所后为了让女儿尽快学好英语，她开始天天回家跟她说英语，有一天她的女儿到了托儿所后开始大哭，然后用母语跟妈妈说，妈妈我不想上托儿所，我想妈妈！她的妈妈只是简单粗暴地用英语回答，No，go！我当时愣住了，她妈妈竟然没有问Why。为什么不问Why？因为妈妈很清楚她无法用英语回答出Why。一个Why后面藏着深刻的原因，妈妈却一味地为了让她说英语，无形中中止了她的思考。她们之间的对话极其简单，这么小的孩子母语都还在习得，自然没办法理解太难的英语，所以妈妈也选择用最简单直接的词语让她听懂学会，所以结果是，妈妈从来不问Why，这个孩子到现在也不懂什么是Why，该如何回答Why。母女之间的沟通简单肤浅成这样，您不觉得很可怜吗？”

听到这里我非常脸红。记得刚到此地时正值啸啸的好奇敏感期，看到什么都要问：“这是什么？”而我总是粗暴地制止他，强硬地要求他改说：“What's this？”我甚至说你再跟我说中文我就不回答你了！我以为，这是在帮他尽快适应环境，我以为只要逼一逼他就学得快了，回想起来我这是在干什么？我只是把大人所感受到的压力一同强加给了他！本来孩子的世界并不大，不管外面发生什么，至少还有妈妈在身边。可是我的所作所为却只是在不停地打击他，逼迫他，让他变得更加胆小，没有自信，失去最重要的安全感，然后还毫不知情地自鸣得意。

“您放心，孩子的语言习得是潜移默化的，英语的事请交给我们老师来做吧！噢对了，我们这有一位台湾老师，不知道能不能有些帮助？”

哦，是吗，这真是意料之外的惊喜！看到了那位台湾老师，刚一打招呼，就感到了故乡的温暖，毕竟是一水之隔的同胞啊！啸啸真是有福，不仅遇到了这么开明的老师，还有会说乡音的老师，这些给了我内疚的心多大的安慰啊。

之后老师又带我们参观了餐厅：菜单30天天天不重样，囊括五大洲各式菜系；每顿主菜、副食、汤、水果俱全，用中国话叫“四菜一汤”，用西方人的说法叫“前主副齐全”；每餐蛋白质、纤维素、淀粉、维生素合理搭配，卡路里含量、推荐指数一清二楚。拿着字典把食物一个个弄明白后，我都开始口水直流啦！

再去医务室拿了体检表，然后我也是拿着字典把从没听说过的病一个个搞明白了，突然发现原来我的孩子是何等幸运和健康啊！但接下来还是需要去医院接受皮肤、淋巴、心血管、神经、生殖等十多项指标的体检，唉，上个托儿所赶上我当年的入职体检了！

回来后，我忙着预约医生、上网注册食堂，学习新鲜有趣的教育理念……看见了光亮和方向，干起来自然也就更加带劲儿了！

2012 年 9 月

在Peter Pan操场上开心玩耍的啸啸

试听课

今天是啸啸在加拿大国际学校（CA）附属托儿所Peter Pan的试听课。

有了在国际俱乐部一个月的音乐亲子课（music & movement）的训练和英文游戏组（English playgroup）的磨合，再加上几次托管锻炼，终于，啸啸即将正式进入正规国际学校的托儿所大门了。此刻，我们都平静了很多，即使我知道90%的内容他还是听不懂也说不出，我知道他离开我时一定会如同生死离别般大哭不放，我亦知道他还没学会处理冲突，更别说与其他小朋友协力合作，而且他自己也还吃不好饭甚至偶尔还会尿裤子。

可是另一方面，很多英文童谣他已经琅琅上口，很多英语日语的日常交流他已脱口而出，他日渐独立乖巧懂事，他善良真诚渴望朋友，他内心上进努力争先， 或许，他只是需要些时间，去思索、去锻炼、去接受、去适应、去融入并爱上他的学校新生活。

今天我们争取到一个试听课（trail class）的机会，妈妈可以陪着一起上。我觉得这样的机会非常重要，能让家长亲身去了解在幼儿园里都要干什么，从而能有针对性地给孩子更多的帮助。

事后证明，开始阶段妈妈的存在确实可以带给孩子无限的安心与自信。每每当他不明白老师在说什么、下一步要做什么时，会不自觉地开始紧张，当我小声地解释给他听后，他开始感兴趣还会要求主动参与；每每当他不喜欢某个环节，却因为无法沟通而不得不做时会惊慌受挫，当我默默地安抚他并和老师商量容许他有选择的余地时，他会很快地忘掉烦恼，重新兴致勃勃。

排排坐时间（circle time）时，老师问一个小朋友："Lily，今天你可以做老师的小帮手吗？"（Lily，would u like to be my special helper today?）那个叫Lily的小女孩好像有些心情不好，扭扭捏捏地不说话。啸啸起初不明白要干吗，但一看到老师手上举着一个貌似很好玩的帽子就兴奋了，扭过头对我说："妈妈，我想要那个！"我微笑点头示意举手，他马上把手举得高高的，见老师没理他，就径直地走上前去。这倒把老师惊了一下！没料到，第一次来的孩子竟然这么主动啊！

紧接着，到了上午茶歇时间（snack time），每个小朋友都要乖乖坐在座位上等待老师发食物。啸啸没过过集体生活哪里坐得住？你越让他坐他越要哭。还好聪明的老师看出了端倪，主动把他领过去，这次主动请他做老师的小帮手，给小朋友分吃的。这下可好了，啸啸忙乎得乐此不疲，将零食一一分到盘子里，再一一发给前来排队领取的小朋友，然后学会了今天的第一句话：Here you go!（给你！）

试听的时间毕竟是短暂的，区区一个小时，却已经让我们喜欢上了这里。临行前我故意为难地说："你看怎么办呀？别的小朋友都还在玩，我们却得走了。”啸啸也顿时来了伤感情绪问：“这可怎么办啊？”我趁机说：“那我们争取明天早一点来，就可以多玩一会儿了，好不好？”他果断地回答：“好啊！”

怀揣着很多幼儿园的材料，月报（newsletter）、日程表（daily activity & purpose），还有入园前最后的准备工作备忘，我们开心地满载而归。回来后仔细拜读了这一沓白纸黑字：无冠冕堂皇之文，唯朴实直接之语；无煽情感人之范，唯实事求是之道；无拐弯抹角之词，唯简单明了之理。不花哨，不喧嚣，朴素清晰，又用心良苦，这一切都让我们对此心生喜爱。

入园准备工作的最大特点就是：学校要求的很多东西是买不到的，都需要自己亲力亲为！最有代表性的就是每个小朋友的笔记本，刚看见时我好惊讶，拉着老师问这么漂亮的本子哪里可以买到。老师愣了几秒钟后开始大笑，这不是买的，是每个孩子和妈妈一起做的啊！然后递给我一张“笔记本制作说明书”，上面一步步画着笔记本的制作步骤，至于封面设计则不做具体要求，留给家长孩子们足够的想象空间。老师颇有些得意地说：“每一个可都是独一无二的噢，孩子会因此而非常自豪的！”我顿时就傻了，谁不知道我从小手工课都是老爸帮忙做的，现在可好，不做事小，丢人事大，再往大了说就是民族荣誉问题，咬咬牙，做！

2012 年 10 月

陪读日

月上枝头，啸儿已渐入梦乡。

经过一番真挚诚恳的请求，善解人意的老师在昨天一个小时的试听课后今天又给了我一次一整天陪读的机会。经历实属难得，于是我把本次的所见所闻写出来与大家分享，好好聊聊日本国际学校的学前教育。

早晨9点钟准时到校，其他孩子正在与各自的妈妈告别，随后他们需要独立完成五件事：

1.把书包放进柜子；

2.把饭盒放入一个大盒子；

3.把水壶放入另一个盒子；

4.交笔记本（对，就是那个我们自己花了四个小时亲手制作的笔记本！）

5.贴上自己的名字“签到”。

然后脱鞋，换衣服，正式进入教室。15分钟后，9：15，进入第一环节：积木时间（block time）。

此环节的目的：一来是为了吸引孩子的注意力，帮助他们尽快进入学校状态；二来可培养他们的创造力和合作精神，也帮助他们学习形状的知识。

又一个15分钟后，9：30，整理积木（clean up），进入下一环节：排排坐时间（circle time）。这个可能是国内外各个托儿所最典型最传统的环节：孩子们搬着小凳子围着老师坐成一圈，问候，唱歌，数日期，讲天气，学新词，算数学……每个孩子每天轮流上去做老师的小帮手，培养孩子们的自信心。孩子们对这个角色总是非常期待的。

此环节看似简单却不简单，首先要坐得住，再来要听得进，然后还要学得快。20分钟之内，啸儿多次站起来问我，他是否可以去玩会儿玩具，但都被老师成功劝阻坐下。学习的单词短语简单、地道且实用，什么inside voice呀，goofy face啊，很多我也是第一次学习。老师每说完一次，会要求小朋友们轮流重复一遍，不重复的不放过，等所有小朋友说完了回来再让你重复几遍。20分钟内不乏心不在焉、互相打闹、试图逃跑、号啕大哭的孩子，助教们使尽浑身解数，或激励、或劝阻、或鼓励、或安抚，四个老师，十个孩子，却也把老师们忙得不亦乐乎。

10：00，茶歇时间（snake time）。重点培养孩子的用餐习惯与餐桌礼仪。零食无外乎是一块饼干、一角芝士、一杯牛奶，但想要吃到嘴里可真得费一番功夫：洗手、擦干、拿餐布、领水杯，然后回到桌前铺餐布、放水杯，然后再排队领取食物……终于可以坐下了，一个大牛奶杯放在桌子中间，一桌的小朋友开始轮流给自己倒牛奶。都倒完了，终于可以吃了吧？然后小朋友们在老师的带领下双手合十，叽里呱啦地说了一番日语，这下我更晕了，事后问老师：你们在祷告什么呢？老师笑得眼睛都弯了，解释道，那不是祷告，是每个日本家庭吃饭前必说的一句话：

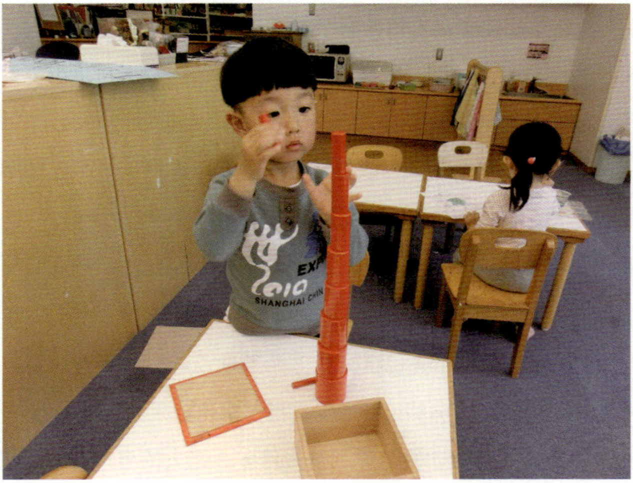

itada ki ma su！就是感谢为我们准备食物的人，我要开动啦！哦对对对，日本动画片里好像听到过的！在这期间，啸啸数次想把饼干放进嘴里未遂，现在是终于终于终于到吃的时候啦！

用五分钟时间吃完后，小朋友们需要自己把杯子、盘子放回，餐布叠好放入另一个盒子，然后每人领一块小抹布擦干净自己的那一块儿。然后再次洗手，排队上厕所，准备出去玩咯！

又是一番折腾。小朋友们要自己穿鞋，戴帽，排队，手拉手，一起走！到了操场，啸啸的天性终于得以释放，他疯了一样地跑啊，跳啊，滑啊，摔啊……也难怪，第一次有组织有纪律地在室内待了那么久。

10：30，老师在一旁倒数十个数，小朋友们再次排队准备回教室了。孩子们从沙堆里、滑梯上、小车中钻出来，老师们帮忙用刷子清理衣裤，倒掉鞋里的沙子，然后一位老师带上两三个娃，走起！

室内外温差还是蛮大的，满身大汗的啸啸一回去便被冷气吹得流鼻涕。老师又忙着给小朋友们擦汗换衣服。

接下来，讲故事时间（story time）到了。每周两次日语故事，三次英语故事，还是15分钟。这次小朋友端坐成一排，看老师表演，有点drama education的味道。今天是日语故事，也是啸啸最走神的环节，啸啸数次准备脱离集体去玩玩具，又数次被老师劝阻留下。

我也听得有些游离时，故事终于结束了。然后进入今天的项目环节（job time）。此部分是除户外活动（outdoor play）之外啸啸的最爱。每个孩子选一个job，今天的job包括：做万圣节南瓜脸，学习拉拉链、扣扣子等。Halloween快到了，啸啸很开心地选择了南瓜脸组。

在老师的指导下我才发觉手工是一件多么伟大的事业！你相信吗？软软易爆的气球能做坚硬结实的南瓜脸！不信？我也不信。我只是看着孩子们怎么跟着老师给气球打气、涂上胶水、贴上纸，再涂一层胶水，再贴一层纸……老师说这是一个漫长的工程，罗马不是一天建成的，离万圣节还有两周时间，这个项目会每天进行，到时就请家长们拭目以待吧！

45分钟后，11：45，经过一个上午紧锣密鼓的轰炸，终于等到了午餐时间。不过这可不是结束，而是另一个痛苦的开始，因为现在到了我在这个上午最难堪的时光。只见每个小朋友都拿出了妈咪做的漂亮的便当：小熊猫的饭团，小章鱼的火腿肠，小花小草什么的惟妙惟肖！我惊讶，惭愧，然后假借拍照用手机遮住自己早已羞红的脸。“我要开动啦”一声令后，每个小朋友都开始自食其力地开动了，整个教室就只有啸啸一人还要妈妈喂，而且就是一碗蛋炒饭！本来还觉得午饭30分钟太短不够，现在倒好，心里直念叨，怎么要吃这么久，赶快结束吧，丢人啊……

12：15，午餐结束，1点钟放学的小朋友开始自己收拾碗筷，收拾书包，收拾衣物。

12：30，DVD time！小朋友们坐在一起看老师准备的动画片，而老师则赶紧借这个时间在每个小朋友的笔记本上写下今天的评语。

这时对大部分孩子而言是最放松的时候，可啸啸可能因为还是听不太懂吧，蠢蠢欲动地又想玩玩具了，这次终被获许。

我也有些纳闷，我问老师，教室里这么多玩具，可一上午怎么并没有专门的时间给孩子玩玩具啊？老师笑言，上午是academic time（教学时间），只有提前完成某环节的孩子可以得到free time（自由活动），基本上大部分孩子都是要跟着老师设定的节奏行事的。倒是午睡后的下午没有固定的课程，孩子们可以随意玩。

难怪，大部分妈妈都是1点来接孩子，1点后就是睡觉，3点起来，再来两个小时的自由活动，5点就是最晚来接孩子的时间了。妈妈们多会算账啊，钱是多交了一倍，可是在哪睡不是睡，在哪玩不是玩呢？

噢，方才竟然漏掉了一个最最重要的环节！9：45，笔记本环节

（notebook time）。这个是在加餐时间之前进行的。还记得我第一次亲手做的手工吗，那个很不起眼但很有意义的笔记本？无论怎样，这个笔记本终于派上用场，是用来练习排排坐的时候老师教过的内容的。今天需要孩子们在上面圈出代表天气和自己心情的图标。

这个本子的另一个重要用途就是写评语。老师会为每个孩子总结其今天的表现，强调特别之处，并对明天提出期望。哦，还要写上孩子们今天在学校都吃了什么。

这里特把啸啸第一天的评语摘抄如下："Welcome to the class，Arobi! Arobi is eager to learn，he sits and listens. All things are quite new to him，but in time，we believe Arobi will adapt well!（Arobi小朋友，欢迎来到我们班！Arobi好学，坐得住，听得进。一切对他来说都是新的，但是给他些时间，我们相信他会适应得很好！）"

15分钟的DVD time到，大家在老师的带领下开始唱goodbye song，和老师、好朋友，拥抱告别，然后穿鞋穿衣，背上书包，投入玻璃窗门外妈妈的怀抱。

1：30—2：30，主讲老师又和我进行了长达一小时的单独会谈，主题即是如何更好地帮助孩子适应托儿所，总结下来三点key follow-up 需要在家加强：

1.培养他的自理能力，尤其是吃饭。从少量开始，训练他自己吃，不要怕他饿，他现在最重要的是要知道什么是饿。

2.保证母语交流的同时，适当加入些英文对话。语言能力是一切沟通的基础，是和他人快乐共处的前提。

3.帮助他建立时间观念，熟悉学校的日程表，从而适应学校的节奏。

"Give him rules and reasons，be kind and firm."（帮他建立规则，理解规则，对他温柔且坚定。）老师最后强调道。

啸啸确实幸运，有这么优秀的老师，有这么认真的妈妈。我们都要好好加油，期待啸啸的蜕变！

2012 年 10 月

回家后为第二天准备的便当

啸啸的三岁生日

在托儿所待了不到一个月，啸啸就满三岁了。今天我们一起来到学校为啸啸庆祝生日！

生日，在日本被叫作“诞生日”，听着仿佛回到了古代。

在这样一个家庭主妇贡献巨大产值的国家，凡事都是“自己动手，丰衣足食”，就连生日蛋糕也不例外。我本不以为然，想着这世上哪有钱买不到的东西？结果跑遍六甲岛，居然真的没有发现订做蛋糕的地方！不仅如此，当人家看着一个妈妈要求订蛋糕时都是愣了半天，然后睁大眼睛强压住惊讶。

好吧，毕竟得入乡随俗啊。默默地承认了这个事实后，赶紧发挥曾经公关人的特长：找牛人啊！很快，通过啸啸的同学的妈妈的朋友的姐姐，我认识了擅长烘焙的Helen夫人，她与我同为加拿大国际学校的家长，有四个

三岁生日

儿子，为孩子做的各种各样的点心图片在她的Facebook上日日招摇过市，光看图片已足以让我口水流一地了。于是我当机立断，就找她！果然，短信、电话、见面、闲聊……终于，Helen夫人从百忙之中抽出时间应下了请求，三天后，不负我望，为啸啸制作出了极有创意的蜘蛛侠蛋糕，狠狠地帮我挣了回脸！

嘿嘿嘿，办法总比问题多。

这里流行的是cupcake，我在想这是不是也源于一人一份的饮食习惯？不像咱们，把一个大蛋糕豪放地摆在中间，众人以刀叉群分之；而cupcake呢，一人一杯，倒也方便利落。

唱生日歌、许愿、吹蜡烛后，主讲老师拿出一份生日礼物赠予啸啸。上面是啸啸平日上课的照片以及老师们对他的未来寄语，是由老师们亲手制作的，真诚而美好。

老师送完礼物该寿星发礼物了。与国内不同，这边的风俗是寿星给前来祝寿的小朋友发放礼物以示感谢，当然礼物也得是要亲手制作包装的哟！啸啸拿出昨晚我们共同制作完成的小礼包，一一发给小朋友，男女有别，各得所爱。

从圆桌转移至方桌，“开动啦！”小朋友终于可以品尝到蛋糕的甜蜜了！

“祝福已满三岁的Arobi，在你的人生之路上越走越远。”（译文）——你的托儿所老师。是的，啸啸，这是我们大家共同的心愿！

2012年10月

转眼一年过去，啸啸又在CA迎来了他的四岁生日

三岁儿童的健康检查

圣诞旅行回来，我们发现门口的邮箱早已被信件堆得喘不过气。抽出最大的那个信封，上面赫然印着：乳幼儿健康诊查——神户市东滩区保健福祉部。我没太当回事：政府寄来的东西，应该都没啥实际用处吧。

随手拆开发现里面竟有密密麻麻的十几页，包括调查问卷、健康检查指南、洗牙指南、预防接种指南、市内公开讲座通知、急救医疗信息等；此外还配有眼罩、视力表、接尿器等多种工具，我突然觉得，此事貌似不能小觑。

上面都是日语，我只能猜个大概：恭喜您的孩子已经满三岁了，请您填写好此份问卷，然后于某年某月某日来区役所（大概就是国内的区政府）进行健康检查。

这里提到的问卷有四大页的A4纸，从孩子的作息到饮食到睡眠到日常生活习惯，从妈妈带孩子的感受到是否有他人协助及疑惑困难，事无巨细，一一问起。好吧，既然政府这么认真，我们也得认真对待不是？于是，我硬着头皮拿着翻译软件一个一个项目地查下来，好不容易完成了八成的作业。

最后两页是需要家长帮助测量孩子的视力、听力、身高、体重、头围、胸围的，附带的测量工具之可爱，测量指南之细致，就是像我这样笨拙的妈妈也能一目了然。测量眼睛的眼罩一面是老虎，一面是熊猫，测左眼时用老虎这面，翻个面变熊猫测右眼。视力表也可爱得很，不是我们小时候那无穷多的"E"，而是小花小车之类的，一张大的一张小的，指南上说要先给孩子看大的练习，熟悉之后正式测试时再使用小的。测听力的方法也很新鲜，在一个安静的房间，妈妈先用正常声音说出图中动物的名字，请孩子指出，然后妈妈用很轻的声音来一次，再请孩子指出，最后，妈妈要捂住嘴巴，让宝宝看不到口型，再轻声说，让宝宝完全依靠听力来识别动物。测量头围胸围的活我也是第一次干，然后我才知道原来孩子的后脑勺有个最高点，围着这个最高点水平绕一圈就是头围，另外孩子乳头上方和肩胛骨下方原来是在同一水平线上的，围着这四个点绕一圈就是胸围。总之我测得乐此不彼，像做游戏一般。

填得差不多后，我还在疑惑处写下了对啸啸X形腿的担忧。

两周后，预约去区役所的日子到了，我和啸啸同学的妈妈结伴同行。经过十分钟的电车，区役所到了，我们直上五楼保健福祉部，电梯门一开，迎面整齐停放的几排童车的架势先把我吓了一跳：原来咱们区三岁的孩子不少啊。

每个参与检查的工作人员都穿着面包超人或叮当猫的围裙，笑容可掬，亲切可人，颇会讨孩子的欢心。签到、交尿样、排队、等待……我们很快来到第一个医生面前，医生拿起那张调查问卷来。真的是一个问题一个问题地回顾，面对任何略带疑惑的答案他都会仔细了解后作答。就这样了解了15分钟，确认啸啸没大问题，而我提出的X形腿等一下会请专科医生诊断。

第二关是看牙。日本对牙齿健康的重视程度相当高，儿童牙科诊所，儿童牙齿护理工具也是遍地开花，检查身体还成为了儿童健康的第一关。啸啸的牙齿相当不好，四颗大门牙的神经早已于一年前在国内拔掉了，里里外外还有其他四颗牙也被处理过，因此当他张着嘴躺在医生的腿上时，医生惊讶地问我，他的牙齿怎么会这样？而更令他惊讶至极的是，即使有了蛀牙，怎么能够对这么小的孩子实行如此激进的处理？几轮对话下来，他帮啸啸进行了牙齿氟处理，并要求每年至少要进行三次这样的专业护理；他还教给我们正确的帮孩子刷牙的方法：要让孩子躺下把头枕在妈妈大腿上，这样妈妈在刷牙时就可以看清他的全部牙齿，就好像在牙医诊所里医生检查时的姿势一样；还有，他说啸啸的牙刷太大不合适（来检查时每个孩子都被要求带上自己的牙刷），然后拿出三岁儿童的标准牙刷给我们参考，还送给我们一套牙线要求在刷牙后使用；他说我们其实从宝宝长出第一颗牙时就应该开始护理，最后，他郑重强调必须在一个月内立即处理啸啸目前最严重的一颗蛀牙。

好吧，看着啸啸的同学们满口健康的牙齿，我们羞愧又无奈地走了出来。饮食卫生，健康习惯，看似简单，影响重大！

然后是身高体重普查。满屋子的孩子穿着小内裤跑来跑去，也不怕冷，真是有趣。到啸啸脱衣服了，他先是扭捏地不好意思让人家看到他的裸体，待我强行把他的衣服脱下后发现还数他穿得最多！大冬天的，其他孩子脱去羽绒服后也就只剩下单衣单裤了，我以为我们比以前已经精简很多了，可还是脱下了三层衣服，三层裤子。

话说那个检查身高的仪器真是可爱，孩子站上去后会迎面看到一排卡通玩偶，孩子们看得入神，一动不动时，护士阿姨便趁机三下五除二就完成了测量。整个房间没有哭声，只有笑语。接下来是内科普查，预防针注射，再来就是专门的咨询室。所幸啸啸的腿问题不大，X的角度没超过15度，医生说平时注意膝盖稍少用力，少骑车，即便骑车时也要尽量让膝盖分开，逐渐就矫正过来了。

前后大约两个小时，我们就走完了整个流程。这次的经历让我深深地感受到了社会对孩子多样性的接纳。人生来就是不同的，有的孩子体质弱，有的孩子对食物过敏，有的孩子身体有残疾，有的孩子精神不稳定……我看到不同的孩子得到了相应的关照，我感到做一个健康的孩子其实是多么幸运的事。的确，健康的孩子占了大多数，可是这个社会就愿意为那少数人，哪怕只有一个，去付出更多的关照和保护。就好像，每一个电车站都会有轮椅车道，只为迎接那1%坐轮椅的人；就好像，学校会要求所有学生不得带坚果入内，只为那一个对花生过敏的孩子；就好像，政府会要求每个纳税单位必须留出一定比例的职位给残疾人，只为每一个个体都能自食其力，活出尊严。

同时政府与家庭共同付出，互相信赖。若不是每个家庭都认真负责地按要求完成健康问卷并按时前来检查，政府也无法年复一年地维持这样有效的服务和规模；若不是每个个体都本着自食其力互相尊重的心，政府也无法提供特别的设施和服务给更需要帮助的人。同样，家长不是把孩子交给学校就万事大吉，学校更不会在出了问题后还百般隐藏甚至反咬一口，而是每个人都努力地尽着自己的责任，每个人都谦逊谨慎不给别人找麻烦。于是，就算学校有食堂，90%的妈妈依然会坚持自己给孩子带便当；就算学校提供放学后的托管服务，90%的妈妈依然会在正常放学时间（下午3点）亲自来接孩子。所以呢，学校的能力越来越大，社会的效率越来越高，孩子们在家庭、学校、社会共同的温暖关怀下，成长得也越来越好。

人人如此，何其有幸？

参观欧洲学校

转眼间啸啸在异国学校的第一个学期已经过去，第一次出国、第一次上学、第一次上国际学校……无数个第一次围绕着他，所幸他最终乐观坚强地克服了种种困难。然而时间飞逝，刚刚觉得能喘上一口气的妈妈眼下又开始为他新学年的学校忙活了。

国际学校一般是8月开学，而递交报名申请则要提前半年，也就是2月底之前截止报名，而我们也正热火朝天地准备着2月初就回国过年，这下好了，自己硬生生地把deadline（截止日期）提前了一个月——1月底。对，就是这个月，确定学校，完成报名！

说到这儿可能很多人不理解，不就是填个幼儿园的报名表吗，有什么好纠结的？No no no，事实可没那么简单。因为啸啸刚到此地时还未满三岁，不能进入正规的kindergarten（幼儿园）学习，只能进入pre-school（类似托儿所）过渡，而正规的国际学校是从幼儿园开始到高中的一条龙服务。Pre-school很多，school不多，选定了幼儿园也就选定了你认可的教育系统和之后十几年的学子之路，因此一旦确定了幼儿园，不出意外的话大学前再也无须为选校发愁了。

啸啸现在上的pre-school也很有名，和著名的CA（Canadian Academy）有一定的嫡亲关系，班上大部分孩子毕业后都会选择直升CA，CA又是传说中日本最好的国际学校。既然已占据这么有利的条件，选校对我们而言貌似不应该是个问题，连老公也早已默认了CA。而我，执拗的小宇宙总是有点不甘心。

没错，依照最世俗最易懂的价值观，CA自然是首选：百年名校，名扬天下，哪天回国了跟人说起在哪里读的书，一说CA胸膛都不自觉地挺直了些。然而，我总觉得这么庞大霸气的学校却好像并没有给我足够的安全感，我摸不透看不明；再加上当初啸啸进其嫡亲——Peter Pan pre-school（托儿所）之前也并没好好对CA进行全面考察，初来乍到误打误撞地就进了；现在正当时，非得补上这一课，好好考量一下周边各校，慎重决定他的幼儿园，才算是无愧于他的前程吧。

几番比较后，各方面能与CA不相上下的也就剩一个学校——European School（欧洲学校）了。于是我立刻着手电话预约，幸运地争取到了回国前的参观机会。

European School的前身是German School（德国学校），建于1909年。建立之初主要服务于以德语为母语的孩子，所有的老师都由德国政府出资专门从德国派遣而来。这个古老的学校经历过二战的洗礼和八年前阪神地震的考验，如今历久弥新。后来随着英语的发展和普及突破了人们的意料，以英语为教学语言的分支也在German School应运而生，最后在2002年统一改名为European School，包含英语和德语两个校区。她秉承古老的German School的教学宗旨，青出于蓝，如今愈发欣欣向荣。

这个学校最吸引我的有两点：一是太美了，二是口碑太好了。从外面看，红砖白瓦的尖顶木屋校舍，一副欧洲小镇的洋气。再从各路朋友们处打听，没有一句负面评价，谈起她时，无一人不是一副眼神悠远的膜拜状。好吧，既然如此就让我亲自会会她吧。

接待我们的招生办主任是位德国女士，颇有风度，座谈了一会儿后便提议：我带你们四处逛逛吧。

学校不仅从外面看很漂亮，里面设计得更是精妙。整个教学楼都铺着木地板，一进学校门先脱鞋，无论幼儿园的弟弟妹妹还是高年级的哥哥姐姐，来上学就仿佛来到另一个家一样，可以继续光着脚楼上楼下地满地跑；校舍有两层，完全由木头构建，冬暖夏凉，夏天不用空调降温，冬日的阳光透过玻璃屋顶洒满房间，天然去雕饰，自然又环保；走到幼儿园区参观，发现进去前还有个推拉门阻隔，为防止孩子们因随意跑进跑出而受伤，连推拉门也是木头做的！再走进教室，完全就是一个童话世界啊：楼中楼的双层小木屋，滑滑梯，小工厂……现在应该是free time（自由时间）吧，只见有些孩子躲在木屋的第一层讲故事，有些孩子在木屋的第二层玩滑滑梯，还有些孩子趴在地上自己搞研究……连他们所有的玩具居然也都是木制的：茄子、蘑菇、锅碗瓢盆、汽车……我仿佛置身在白雪公主和七个小矮人的森林小屋中，被一群孩子的笑脸环绕着，由衷地感到幸福。

“我们重视环保，提倡人与自然和谐发展。因此我们要让孩子们充分地感知自然，爱上自然，回馈自然。”主任说。

校园内到处弥漫着一种贵族的气息，每个迎面而来的孩子都彬彬有礼主动向我们打招呼问好，他们举止得体，碧绿的眸子仿佛一泓清水，晶莹剔透；每个转角都有柔软的沙发被恰到好处地放在阳光可以照到的地方，想象着午后的闲暇时光，孩子们和老师们来到此处交流，犹如古希腊哲学家们躺在阳光下的草坪上对话般，思想无界，惬意无比；校外的运动场大小适中，每个班的孩子每天都要来到这里锻炼半小时到一小时。体育、音乐和阅读，是学校最重视的三个方面。

转了一圈后，主任递给我一个册子，里面有更具体的学校介绍。大致扫了一眼后，我被这几句话吸引：

我们的课程包括六大主题：

Who we are（我们是谁）

Where we are in place and time（我们在时间和空间的什么位置）

How we express ourselves（我们如何表述自己）

How the world works（这个世界如何运作）

How we organize ourselves（我们如何让自己更有条理）

Sharing the planet（分享星球）

各个浩大的哲学问题，我至今都没仔细思考过，难道就要让幼儿园的孩子们开始接触了吗？

后来我在不同的国际学校都发现了一样的指导思想，才知道这就是著名的IB（International Baccalaureate）——国际文凭的核心价值观。IB是非营利性的国际教育基金会，它向全世界3—19岁的孩子提供优质的教育项目，是在全世界最通用也最被认可的一种国际文凭。并不是每一所国际学校都是IB school，而能够开展IB课程教学的学校都是经过了层层考察并经过了IB组织认可的优质学校。

与此紧密相连的是IB leaner profile（IB学生的品质）：

Inquirers（勇于探索）

Knowledgeable（知识渊博）

Thinkers（勤于思考）

Communicators（善于沟通）

Principled（富有原则）

Open-minded（开放豁达）

Caring（关爱他人）

Risk-takers（勇于冒险）

Balanced（全面发展）

Reflective（勤于自省）

这些品质与宝洁所提倡的员工素质如此相似，而这些孩子却早了我30年接触。在这里，我看到的是宇宙运行的规律和每个人都应具备的品质，再通过老师们每天切切实实的工作，把它落实为学生分分钟钟的成长，使之大而不空，简而有力。

沉浸在像家一样的贵族小木屋里半天不舍离去。尽管我没有看到升学率，没有看到满墙的奖状奖章，然而我还是不由自主地被她的气质所吸引：美丽而自然，高贵而亲切，深邃又朴素。再想一想以前见到的一些学校，庞大不知所云，霸道不能靠近，钢筋水泥，泾渭分明，分数第一，其他让步。子曰："弟子入则孝，出则悌，谨而信，泛爱众，而亲仁，行有余力，则以学文。"几千年前，孔子就告诉学生做人第一、学问第二的道理，而在今天，仍能秉承人类的根本，在孩子的幼年时代就引导他们如何做人、如何学习，教给他们如何与自然和谐共处，鼓励他们不受限制的思想在广阔的星球间探索出无限可能，培养他们智力、身体、情感、心理、社交和信仰的全面发展，成就一批又一批自信且自律的领导者和决策者，真可谓是坚信执守，无上殊荣！

想起我的孩提时代，老师家长常挂在嘴边的一句话是"要做德智体全面发展的好学生"，此可谓是真理。可事实上我们的教育呢：智，重中之重；体，不要太差就行；德，无从考量。而我只希望我的孩子们，能真正以德为先，多看看历史，多听听中外先贤圣人的话，其余的呢，自会随之而成。

2013年1月

参观加拿大学院

上周参观完欧洲学校（European School）后，今日我们又马不停蹄地来到著名的加拿大学院（CA：Canadian Academy），准备一探究竟。

如我前文所述，此校的历史和名气不用重提：每一个从CA出来的学生都以CA为无上荣耀，CA一半的老师都是曾经毕业于此的学生，CA一半的学生都是前CA学生的后代。身为一个“CA人”，如同“北大人”般自豪；身为一个“CA人”，也如同“宝洁人”一样，有其深厚的价值观和强烈的归属感。一百年来，这个学校以其独特的气质，繁荣兴盛，延绵不绝。

远眺过去，钢筋水泥构建出磅礴的气势，灰蓝底色营造出治学的严谨，不规则的图案俏皮地相间其中，凸现着灵动的创意。本是9：45—10：30的约会，待我和招生办的主任聊完后已是11：30，彼此间话语的投机，思维的火花，理念的共通，同为人母的惺惺相惜，让近两个小时的会面转瞬即过，意犹未尽！我不得不承认，我最终还是被这里征服了，I do love this school even more!

1.I like the way they talk（我喜欢他们说话的方式）

如果说欧洲学校是一种高贵洋气的艺术家风范，加拿大学院就是更为激情智慧的实干家。

接待我们的招办主任也曾是一个CA的学生，一个育有三子且三子皆毕业于CA的母亲，一个在CA执教三十余年的老师，她无疑就是CA最好的代言人。她的身上流着CA人的血，她的谈吐刻着CA人的烙印，她对CA的情感，对CA的熟悉，对CA的理解，怕是少有人及。两个小时的对话，她时而热情洋溢，时而娓娓道来，时而开怀大笑，时而感同身受，她的眼神时而悠远，时而亲近，她的声调时而高昂，时而温情。坐在她面前的我像是一个小学生，看着台上的super star倾情出演，然后甘愿沉浸其中无法自拔。

是的，CA里的每一个老师仿佛都当过奥巴马竞选委员会的成员，不仅出口成章，而且言之有物，同时感染力极强，影响力非凡。参观路上碰到的老师，无一不给人一种自信、热情、睿智且友好的感觉。每遇到一个老师，主任都会悉心且自豪地介绍：这位，小学体育老师，耶鲁大学体育教育硕士；那位，八年级英文老师，哥伦比亚大学语言文学的博士……好吧，一路下来，没有硕士以下的老师，就连啸啸预备进入的幼儿园的助教，也都持有名校的教育学学位，且90%以上的老师来自海外，比如加拿大、美国、澳大利亚等以英语为母语的国家。

一个老师几乎全是expatriate的地方，一个将学校大部分资源都用于发展和保留优秀师资的地方，一个老师一开口就能将人俘虏的地方，怎能不让你信服与喜爱？

两个小时的约会中，主任带我走完幼儿园又走完小学，她在前面带路，上上下下气喘吁吁，却没有喝一口水，一直保持着恰如其分的讲解和恰到好处的语调与我交谈着。我感到她此生与CA再也无法分离，而我的人生似乎也要由此开始与CA产生交集。

时间飞逝，看到超时近一个小时，我正有些不好意思地不知该如何收场，她竟先开口不停地跟我道歉说耽误了我的时间，殊不知原来她在十分钟后还有高中历史课！最后的最后，她专业又富有感情地说："Mrs. Wei，feel free to check other international schools if u need，but，we are the best!"（韦太太，如果您有需要欢迎也去了解其他学校，但是，我们是最好的！）握手、言笑、告辞。瞧，CA人莫名的骄傲总是在不经意间暴露无遗，However，I like it!

2. I like the way they organize（我喜欢学校管理的方式）

如果说欧洲学校有的是如家般温馨的气氛和如童话般浪漫的校舍，加拿大学院则弥漫着更为严谨的治学之风和更为丰富的资源支持。

欧洲学校的幼儿园一天的活动基本都在一个教室完成，而这里每个班级都有自己的一个主教室，一个主讲老师、两个助理老师与他们进行日常基本的教学活动，而当需要上其他课程时孩子们则需进入不同的教室由其他任课老师负责：音乐室、艺术室、第二语言室、体育馆、图书馆、电脑房……当然吃饭也要去餐厅。学校中还有一个著名的影剧院，叫P&G theater，由宝洁公司捐赠建设，供老师和孩子们开会、演出等。一天当中在教室之间来来回回进进出出的活动，把孩子们训练得有组织、有纪律，训练体系多功能、全方位。

不要忘记，他们只是刚满三岁的孩子，可他们不再是大人眼中的小屁孩，他们被同样平等而成熟地对待着，进入CA就开始了他们严肃而神圣的求学之路。很多任课老师同时教小学和幼儿园，对着三岁小孩也不再使用baby language，没有特殊关照，他们和那些小学生一样，享受着同样优质的教育，接受同样严格的要求。

同时，学校还为这些幼儿园的孩子提供mentorship program，也就是一个高中的大哥哥大姐姐对应一个幼儿园的小弟弟小妹妹，组成互助小组，一起参加各项活动；另外还有各种课外活动、家长俱乐部等帮助孩子更有趣、更有效地学习。

总之，学校致力于为孩子们提供最好的资源和最大的支持，以一种平等的、人文的、专业的关怀和教育，帮助孩子们打下坚实的基础，走向灿烂的未来，并收获一生的财富。

3. I like the things they believe （我赞同他们的信仰）

主任问到我对学校的期望，我说："我更希望学校能帮我的孩子成为一个更好的人——言而有信，意志坚忍，独立思考，举止有礼，团结协作……""Fine，没问题，"她说，"但是，Mrs. Wei，我必须要说，孩子的道德教育主要取决于家庭。"我一震，难道学校想推卸责任？她却看着我的眼睛，坚定地往下说，"如果在家父母对孩子吼，孩子也会学着对同学吼；父母不睦打架，孩子也会学着使用暴力……在我们的学校，我们很容易地看出哪些孩子的父母太忙，只顾着'feed'（喂养）他们，哪些父母没有自己的思想和信仰，人云亦云，而哪些父母真的做得很好，家教中奖惩分明。在孩子身上看得到家庭的价值观，看得到父母的影子，看得到自幼的缺失或满足……而这些东西，学校很难改变。学校会去要求，会去帮助，但家庭教育的影响真的太根深蒂固了……"

"就连我的高中学生，家教的缺失有时也让我震惊。"她继续说，"我在课上问，孩子们，为什么我们有的人皮肤是白色，有的人是黑色？很多孩子呆呆地回答：'我不知道啊！'我很吃惊，我问：'你妈妈没告诉过你吗？'他们继续呆呆地回答：'没有啊！'我很为他们惋惜，但我也很自豪，因为我在我的孩子很小的时候就告诉过他们。"

CA的墙

我生怕她此时也问我，你告诉过你的孩子吗？好在，她继续说了下去：

“于是我告诉他们，这只是因为地理的原因：芬兰照不到几天阳光，所以那里的孩子好白；非洲诸国邻近赤道，所以那儿的人被晒得很黑；还有些地方比如像蒙古，风沙很大，所以那里的人眉骨高……”原来如此！我本以为她会讲到基因之类的深奥道理，但她话锋一转说：“所以，每个人都是平等的，只是大自然的力量让我们看上去不同而已，这跟上帝无关，跟善恶无关，跟爱恨无关。就像班上如果来了残疾同学，我们会借此机会让孩子们学习sharing the planet（分享星球）这个探究主题，学习接受不同，增进了解，培养同理心和互相帮助。我们都是这个星球的子民，我们无权自视过高，我们无权排他，因为你、我，本都一样……”

是啊，就只是这么简单而深刻的道理，为什么我们从来没有告诉过我们的孩子？或是因为我们自己其实也未曾明白？当孩子纯净的眼睛里被人为地掺进傲慢与偏见的沙粒，他们还看得到天空的纯净吗？

站在教学楼的阳台上，沐浴在明媚的阳光中，我远眺着孩子们在宽阔的操场踢球、游戏……我突然看到了我小时候的影子，那个五岁的小女孩，在满是泥土的操场上疯跑的影子。时至今日，我依然能感到当时的阳光和快乐，这种单纯的满足应该是世界孩子共通的吧！然而由于各民族的教育系统本不相同，或许欧洲的孩子生下来就流着自由浪漫的血，亚洲的孩子生下来就面临着无穷激烈的挑战，而北美教育在严谨治学的基础上又增加了更多的人文关怀、交流挑战、开放思维、创新意识等理念，很多东西，我们喜欢却不见得必须拥有，而真正能选择拥有的，都是天时地利人和的结果。此时此刻，我以为这里既能让孩子开始接触并建立国际化思维，也能接上国内教育的地气。或许，她依旧不是最完美的，却是当下最适合的。Why not have a try?

百年老校，桃李天下。分手时主任指着墙上一届一届的毕业照自豪地说：“看，这个是我，40年前的照片；这个是我大儿子，10年前的照片；这个是我小女儿，5年前……这些是我教过的学生们……”就在那一瞬间，我突然幻想，某一天啸啸的照片是否也能出现在此？某一天，我是否也会为我的孩子曾经在此就读而不可言喻地骄傲呢？

2013 年 1 月

第四章 『公主』诞生

初闻喜讯

今天是我的生日，上天为我准备了最好的礼物：那就是你。

亲爱的宝贝，谢谢你，你实现了妈妈此生最大的一个心愿：两个宝贝。若你是个女儿那就更加圆满，儿女双全；若还是个小子也无妨，哥俩好嘛！

别人都说第二个孩子好养，妈妈不以为然，不管怎样妈妈都会全心全意抚养你长大成人。别的先不说，健康最重要，然后是快乐。妈妈不奢望你天资聪颖，只希望你能谦逊勤奋；妈妈也不奢求你今后荣华富贵，只希望你有担当有责任感，有主见有信念，自食其力，做好自己。

你和哥哥不同，哥哥生在一个传统典型的中国家庭环境里，有爷爷奶奶姥姥姥爷保姆围着供着；而你只和爸爸妈妈在一起，我们在日本，所有的一切都要靠我们自己努力，所以妈妈希望在你的陪伴下共同经历这一切，克服困难，收获幸福。但同时你也比哥哥幸福，因为以前妈妈有工作很忙碌，难得抽出时间给哥哥，在哥哥六个月未满时就不得不回去上班；而对于你，妈妈则有足够的时间给你，你是妈妈目前最重要的“工作”。现在的妈妈很满足，很感恩，有着美满的家，有可爱的哥哥和未来的你，虽然挣钱不多却有条件去做很多自己喜欢的事情，追逐曾经丢失的梦想，还可以用满满的心和时间陪伴你们和爸爸。有失必有得，妈妈觉得这次是赚到了！

还有，请你也好好感谢你的哥哥。在得知你来临的这一天他却在高烧不退，可他还是很高兴，立刻拿出自己最爱吃的香蕉说要留给你。哥哥是世间最善良的孩子，因为是男孩，妈妈对他管教严格，好在他生性乐观向上，而且温文尔雅，他一定会是个好哥哥的。以后有了你，妈妈会像爱哥哥一样爱你！

亲爱的宝贝，你要知道，爸爸妈妈哥哥都张开双臂满心欢喜地期待你的到来，请你在妈妈肚子里乖乖的，好好吃饭好好睡觉，让妈妈感受到你的心跳，让那一天，平安到来。

2012 年 11 月

产检

自打在生日那天发现了这个新的小生命，我每天都在喜悦中度过。她的来临真是应了“天时地利人和”这句古话。

一周之后，我们选好了检查的诊所，迫不及待地登门拜访，而这第一次的异国产检经历，着实让人新奇不已。

在国内，我们常觉得诊所不如医院正规，但是在这里，如果你身体状况良好，人们都会强烈推荐你去私人诊所，虽然小，却很舒适、便捷，提供全套服务。

而所谓的大医院并非真的适合你。大医院是分不同专科的，解决私人医院解决不了的疑难杂症，不到万不得已没必要去。与国内相仿，大医院也有总是望不到头的长队，一个接一个要填写的表格，一个接一个要做检查的房间，加上都不怎么说英语，还没看成病就先累怕了。

而私人诊所虽然都不大起眼，走进去后却感觉温馨备至，方便至极。能开私人诊所的医生都是因为很资深才有条件另立门户（可不是想象中的江湖郎中），他们集问诊、产检、接生等于一身，且一切流程都会尽量集中在一个房间内完成，非常便捷。

私人诊所一般以医生的名字命名（小泉、登村、池泽……），这个医生就是这里唯一的医生，由一群护士小姐们协助着。

幸运的是，我们被推荐去了一家台湾爷爷开的诊所，大家都尊称他老人家为“登村”院长，他的诊所在神户可是榜上有名啊！这下可好了，虽在异国他乡却可以用中文进行一切沟通，怎一个爽字了得！

不过我听说，不仅妇产科，其他所有科室，所有医生，所有行业，几乎都是清一色的男医生！虽说我本是开放的女汉子，可是在这么隐私的事情上还稍有些障碍。不过想想也是，女人们都回家当太太了，只能靠男人在外挣钱喽。

我遇到的这个台湾爷爷已有60多岁高龄，经验丰富颇有口碑，能请到他老人家亲自看诊也是我的福气。老爷爷家还有两个儿子，也是大学妇产科毕业，如今都在他的诊所帮忙。一家三个大老爷们都把自己的一生献给了女人，令人赞叹！

生第一个小孩的时候，我如所有妈妈一样发誓要把“最好的”一切给宝宝，于是也就选择了自然分娩，希望宝宝免受外界干扰，瓜熟蒂落。结果我虽勇敢，但迎来现实残酷：不仅整个生产过程备受折磨，刚生完后又发生了产后大出血。总而言之，就是力求完美、太过自大、不懂科学，导致伤痛惨重。后来我发誓：再有一个的话，管他怎么样呢，一定要选择无痛分娩！

没想到，老爷爷听了我的请求后竟然一阵大笑，笑得让人毛骨悚然，笑得让你主动放弃……

日本婴儿的出生死亡率是世界最低的，他们倾尽全力为了孩子，推崇用最传统最自然的方式完成这一朝圣般的过程。与日本一贯以来的高科技相反，对于生孩子这件事情，他们非常保守，因为他们相信这是女人的本能和义务，最自然的方式恰恰就是最好的方式。有人批判这是歧视妇女，我却觉得这是对女性最大的信任和敬重。

笑完了，老爷爷幽幽地说了一句话：“不疼怎么当妈？”

相信每一个女子或多或少都有着不堪回首的妇检经历：那一把妇科检查用的椅子像冰冷的刑具一样摆在一个封闭的房间中央，每每独自走向它时都会不寒而栗，加上妇科医生那副永远冷冰冰还略带嫌弃的表情，让我们一心只想着赶快结束，哪还有什么尊严可言？

而在老爷爷所开的登村诊所中，温柔的护士小姐将我、老公、儿子，三人共同引入一个温暖的检查室里，地毯柔软，暖气正足，一道帘子将其分为两半。我正呆在那里不知下一步该干吗时，台湾爷爷在帘子那边轻声说了句：“脱裤子。”

哦，好吧，三下五除二，以国内练就的速度几秒钟就把自己脱得干干净净的。“好了。”我说。然后他从帘子那边递过来一条雪白的毛毯。“坐下吧！”爷爷回。于是，我坐在了一把柔软的靠背椅子上，用毛毯遮住私处。哇，椅子真舒服，舒服得我正准备闭上眼睛眯一会儿时，爷爷的声音再次传来：“好了，放松，我们要开始检查了。”紧接着椅子突然开始神奇地动了起来！哇噻，你是变形金刚吗？只见椅子上半部分开始不断地往下沉，下半部分开始不断地被抬高，我的两腿被不断分开，不自觉中几下就被摆出了最“完美”的妇检姿势！吼吼吼，我心里呐喊：原来是糖衣炮弹啊！不过感觉确实挺甜的。

所有的检查和对话都隔着一道帘子进行，仿佛古代太医为嫔妃把脉都要通过一根线一样，此生难见娘娘真容。此地亦是如此，隐私是无比敏感并值得尊重的，为达到让病人没有负担，也让医生的检查更为客观的目的，他们认为这道“遮羞布”起到了非常重要的作用。

即便非常感谢他们的良苦用心，但这样确实能让人彻底放松吗？因为根本不知道帘子那边的人正在对自己做着些什么，反倒有点任人摆布的味道，而“遮羞布”这边的我们就像是把头藏进沙堆里的驼鸟：只是在掩耳盗铃而已呀！

2012 年 12 月

痒痒痒

上次产检之后不久，我的下身竟开始莫名地痒了起来，这可怎么办？紧张到不行，又难于启齿，只好先自己上网查查。结果不查不要紧，一查吓一跳！说什么的都有，感觉是危言耸听却又不敢不听，总之就是各种各样的对宝宝不好，需要立即医治！

在这人生地不熟的地方，如此私密的问题尤其不好问人，更不敢擅自处理，既然如此，还是硬着头皮找医生吧，管他是男还是女！

找了个日子来到诊所，护士小姐看到我很惊讶，比划着说不是上周刚来吗，复检的日子还没到怎么又来了？我也说不清楚，也比划了半天告诉她，我不是来产检的……我……是来找院长……咨询的。

“哦，明白了！”小姐很快意会，于是打电话，请院长。院长是我在诊所里唯一能够沟通的人，因为我这个不大会说日语的外国人，每次检查必是请他老人家亲力亲为， 也真是难为他了。

不到五分钟，院长从楼上住院部下来，领我进去，和蔼地问怎么了。我很紧张，满脸通红，吞吞吐吐的，含糊其辞：嗯，上次之后，下面很痒，经常，所以今天，咳咳，我就顺便来了……

我不是故作娇羞，是以前看妇科看怕了，每次经历都如噩梦般恐怖。国内的一部分妇科医生虽是女性，却毫无柔情可言，每次看病时她们的脸都拉得比马脸还长。漫长的等待后，轮到你进去时，病情还没交代清楚就不由分说地被打断，然后一副早已了如指掌的样子，不由分说地先上一堂生理卫生课。轮到检查了，马脸上更是增添了许多厌恶和不耐烦的表情，紧接着就是一顿暴风骤雨的叱责，唉唉唉，腿分开一些啊，那么紧张还来干什么啊，唉唉唉，怎么这么臭啊？你的肉体被弄得疼痛无比之余，精神上更是备受折磨。检查报告出来后，常常有些模棱两可的结论，“不明”“疑是”之类的，这时“马脸”们往往会故作重视实为恐吓地逼你再三复查，可谁愿意让自己一而再再而三地受尽羞辱和折磨呢？若是检查结果确定真有什么问题，迎接你的便更是尽显嘲讽的得意神情了，哎呀呀，你看吧，我说吧，谁让你自己平时不注意呀？这时连自己都不得不怀疑是不是自己的生活作风出了问题。最终，毫无分说地开一堆药物将你一把推入更为水深火热的炼狱中，结果身体或许是越看越差。

或许不是每个医院的妇产科医生都如此极品，但很不幸我去所谓三甲医院的时候，切身见闻即是如此，更不必说医院里常潜伏着利用病人心理坑蒙拐骗的骗子。如今在更加陌生的地方，还要面对男性医生，让人如何不紧张!

出乎意料，尽管我说得前言不搭后语，院长还是很快地领悟了，他只是点着头，微微笑着答道：“好，我明白，让我帮你看一下。”一阵温暖的春风拂面而来，他竟然没有指责我批评我！如此的理解，如此的淡定，让我的心渐渐平静了下来。

前文说过日本的检查室很特别，不仅有神奇的椅子，医生和病人之前还有一张遮羞布相隔。我走进房间，默默地褪尽裤子，盖上毛毯，任由那张神奇的椅子将我抬起、分开。估计开始检查了吧，也没有什么感觉。然后隔着帘子，院长开口了："嗯，你听说过霉菌吗，你这就是了。"听说过啊！但我很惊讶，国内都要化验分析后才能得出的结论，怎么他老人家一看就知道？"好了，"他接着说，"大部分怀孕的女生都会碰上的，这对孩子没有影响。我现在给你上点药，好吗？回去后你再上几天药，就不痒了，没事的，请放心。"

我真的很放心很放心了！不管这个病到底是怎样，我终于感受到了身为"人"的尊严，并被赋予了无穷的信心！我没有被主观臆断，没有被威逼恐吓，没有被嘲讽羞辱，没有被一丝丝地折磨，相反，我被认可，被安慰，被鼓励，被真心帮助！

经常有人说，人不是病死的，是被吓死的。我亦相信精神力量之无穷强大：只要有信念，最后老天都会来帮忙。而这种力量，或许也只存在于尊重人性的地方。

2013 年 3 月

不得不减肥的孕妇

“你的体重增长太快了！”年过六旬的院长慈爱地责备道，“控制饮食，多多运动！”这是怀孕至今我得到的第一个郑重其事的警告。

说起来难以置信，世界上竟然还有控制孕妇体重的地方？在国内，哪个人怀孕不是胖个几十斤，谁都认为妈妈越胖宝宝越大，宝宝越大越牛。而在这里医生对孕妇体重的要求却近乎苛刻：从怀孕到生产，体重的标准增长为8公斤，新生宝宝的平均体重为3公斤左右。

我打电话把这件事情对妈妈如实相告，果不其然，她老人家大发雷霆地说，回国回国，哪有让孕妇不吃饭的道理！

冷静下来仔细想想院长的话，其实何尝不是用心良苦。查阅资料后了解到，过大的新生儿（3.5公斤以上为偏大儿，4公斤以上为巨大儿）由于胎头大，难以通过正常产道，生产的过程中容易造成颅内出血，锁骨骨折，臂丛神经损伤，严重的可致新生儿窒息。同时这些孩子在成长过程中出现糖尿病、高血压、高血脂、肥胖症等慢性病的概率也大于正常体重的婴儿。同时，出生时体重超过4公斤的巨大儿，发生白血病的危险性会增加约25%。而这些孩子的家庭在日后才会顿悟，备感压力。

过大儿不但对孩子自身的健康有害无利，还会对产妇的身体产生不利的影响。过大儿的母亲也更易患妊娠期糖尿病，患妊娠糖尿病的孕妇则更易发生妊娠期高血压疾病。并且由于糖尿病患者抵抗力下降，孕妇还可能合并感染，尤其以泌尿系感染最常见，羊水过多的发生率也是正常孕妇的10倍，产后还容易出现低血糖、低血钾以及低血钙。

除了这些，最直接的影响就是让母亲平添了许多生产过程中的痛苦吧。

在中国，一家只有一个宝，自然被奉为掌上明珠。从怀孕的那一天起，妈妈也就顺理成章地成为家中的“皇太后”，每天不劳而获，衣食无忧，只盼着有朝一日大胖小子落地，很少去考虑生产之后的问题。谁知最后体重增长过多，且不提对宝宝可能造成的危害，首先引发了妈妈的诸多妊娠综合征，让妈妈们不得不接受各种治疗，最终过大的宝宝还会造成分娩困难，让妈妈们无法正常自然分娩，被迫选择剖宫产等人为手段，还有更多的痛苦在生产之后接踵而至，这才是真正的得不偿失！

在日本，一家有两三个孩子是常事，有了孩子的妈妈多为家庭主妇，没有老人帮忙，没有佣人伺候，凡事都靠自己。我们经常看见大着肚子的妈妈骑着自行车，前面一个宝，后面一个娃，有的胸前还挂个baby，每天照常接送孩子上学，照顾老公起居，买菜做饭，洗衣扫地。宝宝出生后不久，依然一切亲力亲为。她们大部分还身为志愿者，要组织、参加学校和社团的诸多活动。即使如此，她们始终不忘继续扮靓自己，每天看上去都是那么的赏心悦目，怀孕前后的样子其实并无太大差别。

即使这样，在医生苛刻的标准下还有可能出现“超重”的。于是如我之辈，赶紧遵从医嘱，吃更精的饭菜，做更多的运动，期待有朝一日，顺利分娩，母子健康。

日本是世界上新生儿死亡率最低的国家之一，也是全世界最崇尚自然分娩的国家之一。这其实有其深层次的原因：除了文化上的原因外，对孕妇体重的控制也功不可没。毕竟，比起一个无用的体重记录，母子健康才是最最重要的。

2013 年 5 月

Baby Shower

那天我如常接儿子放学，到了学校门口正好碰见菲律宾好友Agnes，她见了我特别兴奋，拉着我说："我正想找你，我们想为你搞一个baby shower，怎么样？""Baby shower？那是什么？"虽不忍打击她的积极性，我还是忍不住傻傻地问。果然，她一脸惊愕地说："你们中国没有baby shower吗？就是为祝福将为人母的妈妈和迎接即将出生的宝宝举行的姐妹聚会啊……Anyway，你要有时间就定下周吧！"

这姐姐真是热心肠，急性子，我还蒙蒙的，她倒先把日子定下了。

Baby shower的前一天，正在医院产检时我又接到Agnes的电话："Julia，别忘了明天的baby shower，你一定要来喔！"说实话之前我还真没把这个当回事，一来本就无知，二来家事私事忙起来也就忘了，现在被她一提醒不由得上心了些，如此再三，不会很隆重吧？“那，那我需要准备些什么吗？”“No no no，你是客人，来就对了！”这么好？怎么越听越心虚，突然，一个念头蹿上来，“shower”不就是“洗礼”吗？啊，给baby洗礼？这不是来忽悠我当基督徒吧？“喂喂喂，那个，不好意思，我是不信教的噢！”对方一听就扑哧地笑了：“哈哈，没问题啦，来就是了！”

第二天，为了掩饰自己的无知和仓促，我还是换上了一套出席正式场合的裙子前往。前公关人的习惯，什么事面子上都得过得去。

1点钟，准时到达Agnes的家。一推门，已有三五个平日常见的朋友到场，见我来了，大家非常高兴和热情，我的“盛装”被认为是对今天的重视和对她们的尊重，还算没白穿。

房间里被布置得粉粉嫩嫩的，粉嫩的气球，粉色的桌布，彩色的公仔，五彩的礼盒……一切仿佛都是为了我肚子里的女儿所设计，浪漫满屋，可爱至极。

寒暄一会儿后，1点半，开饭。一共八位姐妹到来，沙拉、意粉、蛋挞、蛋糕……专业的菲佣准备好了丰富的食物和精美的餐具，大家拿着盘子各取所需后纷纷落座，边吃边聊起来。

我被认为是今天的主角，不好意思地被推到了主人席上落座。诸位姐姐们分坐两边，大家回忆起当年的生产哺育经历都记忆犹新，说得头头是道，绘声绘色。一个说：“别掉以轻心喔，我的三个孩子一个比一个难生！”另一个说：“喂奶其实很简单，三小时一次，一次三分钟，别担心孩子吃不饱，大部分孩子老哭其实都是撑的！”另一位妈妈附和道：“是的，别怕自己奶不够，只要他体重增长正常就是OK的，大部分妈妈都在自寻烦恼，才导致恶性循环！”再来一个说：“男孩女孩差别是很大的。女孩子常常比较安静，嗜睡，饿了也不醒；男孩子比较好动，不饿也不睡！”

说起来都是经验之谈，大家慷慨解囊，听得我时而惊讶，时而赞同，时而疑惑，但满满的都是收获，受益匪浅。相比之下的确养老大时人多手杂，众星捧月，反倒没了原则，随着老二的到来，我也要真的当家做主了！嘿嘿，小妞，咱们走着瞧！

两点钟，换上甜点和咖啡，大家端着小碟从餐桌转移到了客厅，开始游戏环节。

第一个游戏，猜我的腹围！哇塞，大腹便便的我从怀孕的第一天起就想方设法地盖住它，如今不仅要堂而皇之地显示出来，还要接受各位各种角度的审视和计算。我正不好意思着，姐姐们一起叫起来："快挺起来，再转个身，哇，多骄傲的肚子啊！"

好吧，难得大肚子也有扬眉吐气的一天，我豁出去了！

接着每人通过目测剪一截线代表预测的腹围，我自己再剪一根代表自己实际腹围的线，两者对比，谁的最接近谁就是赢家，可获小礼物一份！结果实际情况是，除了一位英伦大姐，所有人剪的线都是我实际腹围的两倍以上。汗，太高估我的身材了吧！

第二个游戏，baby bingo！就是按Agnes的指挥，谁能最先把一堆与baby相关的词语连成一条线，横竖斜都行，谁就获胜！这种纯凭运气的事情，自然是本孕妇运气最好，哇哈哈！

第三个，baby trivia。又是一堆和baby相关的选择题，比如世界上最重的baby出生时有多重啊，百分之多少的baby正好在预产期当天出生啊，哪个月份出生的baby最重啊，世界上生了最多baby的女人一共生了多少个啊……这种纯考知识的题目我最不擅长，最后是全军覆没，一共十道题，我只知道其中一道，最厉害的是还蒙对了两道。

第四个，baby nursery rhyme。其实就是儿歌填词，不幸的都是英语儿歌，这种具有强烈语言"偏见"的题目，自然是英伦大姐毫无悬念地获胜。

Baby shower上的朋友们

Baby shower上的buffet

又玩又闹了一个多小时，大家都欢喜至极，不仅赢家有大奖，输家也有机会抽奖，有时抽到的反而比赢家的还好。虽不是为了礼物而来，可这意外的惊喜也足以让每个人都多了几分快乐。

将近4点，开展最后一个环节——送礼物。这是让我最感动的时刻。每个客人，都带了礼物前来（不是说不用礼物吗），不仅包装精致，还写了贴心的卡片，更难得的是，很多礼物竟然都是她们亲手制作的！英伦大姐亲手做了小被子，洋娃娃和娃娃的小衣服；菲律宾大姐亲手缝了围嘴；可爱的日本姐姐竟然搞到了平时根本难得一见的中国空心菜！100块钱啊，就这么几根！一旁的我早已忍不住热泪盈眶。

欢欢喜喜地闹到5点钟，大家互相拥抱告别，纷纷回家做饭去了，而我呢，也拎着大包小包，被Agnes的车安全送回了家。或许今日对她们来说只是又一个普通而欢乐的一天，而对于我的意义却远远超乎于此。我在想，身处异国他乡的我，主妇一枚，普通平凡，无摇曳的花枝，无利用的价值，为什么，凭什么，能收获这么多的朋友和这等丰富的情谊？或许这些事情在她们看来只是日常小事，与人为善、互相帮助本来就是人之常情，不值一提，可是于我而言却是极大的震撼。

在中国，家庭主妇或许依然是不受人尊重的职业，地位不被待见。主妇们终日与奶瓶尿布打交道，失去了经济的独立，哪里还有资格谈论个人的喜好？于是她们不得不把自己的一切寄托在男人的裤腰带上，最后变得市井粗俗，邋邋遢遢，不见天日。而在这里，一半以上的妇女结婚生子后都回归家庭，做女人该做的事，做自己擅长的事，家庭和谐，自我充实。于我而言，每日相夫教子，洗衣煮饭，看书学习，恪守妇道；时而上课，吸取大和民族之花茶书画之精华；时而授课，传播我中华民族语言饮食手工之文化；时而与朋友小聚，相谈甚欢；时而与家人出游，享天伦之乐。而我身边的太太们，均是家事料理得服服帖帖，子女养得快快乐乐，夫妻关系和和睦睦，自己虽是忙忙碌碌，呈现出的却永远是美丽大气、温婉贤淑的一面。或许她们有时也挫败，有时也怀疑，但她们娇小的身体里始终有着一颗无比坚韧的心，支撑着她们，鼓励着她们，迎接每一天初升的太阳，温暖每一晚入睡的灵魂。

所以，我们都一样，都是一枚普通平凡的主妇，做着普通平凡的日常琐事。但正是如此，才会情感相通，惺惺相惜；正是如此，家庭才更加稳定，社会才更有效率；正是如此，才能穷则独善其身，达则兼济天下。

2013 年 5 月

Waka公主出生记

癸巳年大暑，卯时破晓，韦氏公主落地于东瀛扶桑国。为纪念此时此地，其母为其取名和夏（Waka），意为日本之夏。

Waka是我去年生日之际得到的礼物。从刚懂事的时候我就幻想，以后我要有两个孩子该有多好，一个男孩，一个女孩，男孩是哥哥，女孩是妹妹。后来发现这几乎是天下所有为人父母者的梦想。所幸吾愿望之强烈终得上天垂怜，在长子三岁之时，长女如约而至。

怀上Waka后，还有老大要带，日常生活还得继续，又身在异国他乡，凡事无一不是自己动手，丰衣足食。于是整个十月怀胎，劳心劳力更甚于从前，但也正是因为这样，我更加身强体健，从而奠定了Waka顺利出生的基础。

虽说已生过老大，但出产经历却不大能借鉴。当年老大比预产期晚了一周还没动静，于是我们遵医嘱，带着大包小包，于预产期后的第七天住进医院，爸妈公婆老公五个大人陪同，可谓是万事俱备，只待他来。结果住院当天立即动产，当晚出生，从容不迫还很有效率。

而这次，我预想了几百种可能的出产方式：散步时动产了，出游时动产了，做饭时动产了，陪老大玩时动产了……嗯，最好是某个周末的早晨，老公不上班，老大不上学，全家一起吃完早饭后开始逐步发作，然后一起从容地去医院。但百猜不如一试，最后Waka终于选择了完全不在我猜想之内的方式诞生。

7月19日，38周零3天常规产检。腹中的Waka已经3.2公斤，宫口已开4公分，但和上周相比并无太大进展。院长说过，宝宝在38周左右出生最好，一来那时子宫内条件最好，二来宝宝也不会太大，生起来也容易些。可眼看着已经38周多了，Waka依然平静，此时院长也只能再度平静地说，现世安稳，一切静好，下周再见。啊，还有下周啊！

7月21日，预产期前的最后一个周日，还没动静！看来真的要等一周了！既如此便不要虚度了最后的闲暇，于是周末我组织全家人一起去钓鱼，满载而归回来后又大吃一顿，备酒，吃菜，看碟……一直热闹到午夜时分才上床。

说来也奇怪，那天虽已很晚，上床后却仍是辗转反侧睡不着，一会儿觉得太热，一会儿觉得床硬，一会儿又觉得风大，总之烦躁不适，坐立不安。最后实在受不了，便独自抱着被子跑去沙发睡。

睡梦中隐约觉得肚子痛，被痛醒后很快又不痛了，然后又被抓入沉沉的睡梦中；不一会儿再次被痛醒，然后又沉沉地睡去……反复几次后再也无法入睡，这时我终于有了些意识：难道是晚上钓的鱼有毒，拉肚子啦？或者……突然我的神经跳了一下：这就是传说中的阵痛？

深更半夜的不想一惊一乍地折腾家人，独自摸黑打开手机，开始掐表——3：50，开始痛了，3：55又不痛了，嗯又开始了……反复几次后发现正是五分钟一次。我稳了稳情绪，心想这么规律，应该就是阵痛了吧？但五分钟一次是到什么阶段了？能不能等到天亮再去医院？趁着此时疼痛还能忍受，我翻身下床，打开电脑，搜出生老大时的记录：下午3：00，开始五分钟一次的阵痛……晚上8：30，宝宝出生。嗯，还要五个多小时，估计还想睡个懒觉是不行了，但从现在开始准备还是绰绰有余的。

好，那么就先洗漱，换衣服，再打车，正从容地计划着突然来了一阵想拉大大的感觉，噢no，还是先上厕所吧！结果就一直蹲到下次阵痛来临还是什么也没拉出来！事后想想真后怕，这明明就是出生的前奏啊，你还真拉啊！这时老大不知怎么也醒了，真是母子连心，他莫名其妙地跑过来说也要上厕所，不幸看到了我正痛得略为不堪的表情，不由惊讶地问："妈妈你怎么了？"我一边假装没事地说："没怎么。"一边擦拭起身，无意间一低头，纸巾上暗红的血迹惊现眼底。

无论我有多迟钝，此时看到了血也就全明白了。4：20，距掐表至此已有半个小时，这一次阵痛一过，我迅速跑回主卧，一边换衣服，一边叫老公。为了不让气氛过于紧张，我尽量保持冷静，用平静语气说："老公，起来，我肚子疼。"睡得正香的他发出梦呓般的声音："哦，是吗？""是的，五分钟一次，已经流血了。""啊！"听到这，他"咚"的一声从床上弹起来，不敢相信地看着我，颤声道："真的！？""是的。""那你，你怎么还这么冷静！"说完后他已经以迅雷不及掩耳之势跳下床，一边穿衣服，一边拉着嗓门大喊："爸，妈，起来啦，老婆要生啦，快！"哎，喊什么喊嘛，关键时刻的男女之别一目了然。

老公走后，我开始准备住院的文件和行李，并迅速拨通医院的电话报告情况，然后静静地躺在床上，迎接疼痛，等待老公。很快，车到了，此时的疼痛也越来越明显，真的是快生了吧！我被老爸和老公搀扶着，跌跌撞撞上了车，抬眼一瞥：4：30。

那天的运气怎么就这么好，居然还碰上了个完全不认路的司机！老人家估计半夜三更被叫醒，状态不佳迷迷糊糊，对目的地全然没有概念！一路上把老公急得拼命地指挥：左，右，左……老人家态度倒是足够好，一边拼命地说Yes，一边铆足劲儿开飞车。看着他们着急的样子我竟然觉得很是好笑，脑子里冒出《胜利大逃亡》中的劫车片段，疼痛仿佛也减轻了些。

4：50，有惊无险地到达登村医院。下车，疼痛再次来袭，这时已有些痛得不能控制了，只能原地不动，忍住。过去后继续摸索着上楼（对，要自己上楼梯！）。早些接我电话的护士早已在产房外面等候，护士姐姐白白胖胖慈眉善目，一见她就有种天然的亲近感：“你好，Wang-san！（王小姐，你好！）”哇，她还会讲带着中文的英文！百感交集的我走过去一把抓住她的手，像抓住了一根救命稻草一样，心里说：姐，我们娘俩就交给你了！

护士姐姐扶着我走进产房，转身问老爸和老公要不要进来，老公毫不客气地就跟着进来了。老爸估计不忍心看女儿受罪，指了指门口，示意我就坐在这儿候着吧。

进了产房我顿时感到放松不少。这个产房好生温馨：粉嫩的墙纸，木质的家具，宽大的产床估计能睡下两个人，床上厚厚的垫子好像席梦思一般，让人见了就有想睡上去的冲动，躺上去后才发现，床上竟然还有个软绵绵的枕头！

护士姐姐帮我换了衣服，让我躺下，然后礼貌地问：“让我检查一下你的宫颈，好吗？”“当然！”在国内妇检受惯折磨的我等，如何消受得起这般待遇？我曾戏称国内的产床为刑具，冰冷的钢铁支架，毫无人性的检查和对话，让每次进出妇产科都如同炼狱一般难熬。如今，躺在这个比家里还温馨的地方，接受着礼貌而专业的照顾，我感到了莫大的慰藉。

“6 centimeters!”（已经6指了！）护士姐姐惊喜地笑着，然后开始麻利地准备各种器材。一旁的老公忍不住问：“那还要多久呀？”护士姐姐微笑着：“很快了，一个小时的样子吧！”

还没顾得上高兴，阵痛再次来袭！我艰难地说：“来了又来了……”护士姐姐立刻握住我的手，然后教我用深呼吸法来减轻疼痛，“Follow me……”她拉着我的手，一边说，一边做着“吸——呼——呼——”来之前还一直担心会不会因为语言问题而出现沟通障碍，可是现在我一点儿也不怕了，不只是因为护士姐姐会些英文，更重要的是她完全在“口把口”地教我，和我一起经受这一切，就仿佛是她自己在生孩子一样！

一呼一吸间，宫口也逐渐开启着，只觉得三下五除二间，又听到姐姐的一声通告：“Fully opened now！”（全开了！）这时这个床又如变形金刚一样，咣，咣，咣，几下变成了真正的产床！我的上身被自动地抬起来，两腿被自动地分开，床的下方自动脱落……现在这个姿势再熟悉不过了，曾经无比惧怕，此时却感到非常自然舒服。

护士姐姐搬了张凳子端直坐在我两腿中间等着了，然后又铺了块白布在我肚子上，微笑着说：“等一会baby出来了就躺在这里。”然后问，你们谁剪脐带？我闭着眼睛一指老公。我知道老公怕血，之前一直犹豫着没答应，但此时此景之下被我一逼，也实在无法拒绝了。

和生老大时的经历一样，真正的痛楚都发生在宫口全开之后。想当年第一次生时，身体早被之前几个小时的阵痛折磨得失去了力气，力气都没了，更别提还知道该如何用力了。那个时候，偌大个冰冷的产房，护士们进进出出，看一眼，丢下句——“还不行啊”，就又走了。搞得我是心灰意冷，身心疲惫。而这一次……

“登村先生来了！”护士姐姐高兴地通报。啊，真的？院长来啦？

院长是我选择这家医院的真正原因。他是台湾人，会说中文，对人温和，医德高尚，医术高明。当年来日本之初开办了这家妇产科医院，从当年的默默无闻到现在的名声斐然，他们全家人付出了近20年的心血，如今院长已年近70岁，他的两个儿子子承父业，很快就该接手了。传说中院长总在最后关头才出现，现在这么快就到了。要么说明他特别关照我这个同胞，要么就是我马上就要生出来了。嘿嘿，反正不管是什么原因，一听到他来了，我更是高兴和安心了。

凌晨5点多，满头银丝的院长在一个护士阿姨的陪同下进来了，老人家保持着一贯的慈祥平和的微笑。我充满感激地看了他一眼，道：“院长好！”院长也和蔼地应着：“你好，你很顺啊，这么快就全开了，很好啊！”每次听他说国语，我就会不由自主地放松，是啊，还有什么比在异国他乡用母语交流更让人舒服的事情！

这时院长加入护士姐姐一起教我用力：“呼、吸，呼、吸，呼、憋住，然后肛门用力！”我尝试了两次，好像没什么效果，不由得有些泄气地抱怨：“怎么还不出来？”院长、老公等一席人全笑了，说你已经是超快的啦！好吧，我试我试我再试试，还是找不到感觉啊，我又沮丧起来：“我不会啊，我使不上劲啊！”这时院长说话了：“使不上劲说明疼痛还不够！阵痛强烈时你会不由自主地想用劲的！”偶滴神啊，敢情还没到时候啊！此时的心情好矛盾，既本能地不想再痛，又有些变态地期待更强阵痛的来袭！好吧，为了Waka早点出生，就让疼痛来得更猛烈些吧！

说起来容易，可当阵痛真的变得越来越强烈和频繁时，我一下子被折磨得丧失了理智。我开始大叫，乱抓，撕心裂肺地又哭又喊，简直要把整幢楼给掀了！还好现在是凌晨，楼里没什么人！此时呼吸用力什么的更是全部忘光光！结果这一闹把坐在那的护士姐姐吓得一边不停地给我按摩，一边不停地喊着我的名字：“Wang-san，Wang-san，are you OK？”

后来证明这一闹除了耗费精力发泄情绪外，对生孩子一点帮助都没有。是啊，力气都哭完了，还拿什么继续战斗？事后有一次我在母婴室喂奶时正好同时有另一个产妇在生孩子，母婴室就在产房外面，半个小时间除了产房中传出的似合唱一般的阵阵呼吸声，就是最后孩子出生时的啼哭声，于是我越发觉得自己当时实在是有损国家荣誉啊。

哭也哭了，叫也叫了，院长倒也不阻止我，直等到我自己累了，平静下来。然后，他继续温和地指导："现在感觉痛了就是用力的时候了！迎着疼痛使劲就不会那么痛了！"好吧，反正坐以待毙也是痛，不如就迎痛而上，我豁出去了！

跟着两个护士一呼一吸、一呼一吸、一憋气、一用力……我逐渐找到了感觉！耳边突然响起院长当初那句："不痛怎么当妈！"是的，痛是痛的，但只有这样乖乖地痛，好好地呼吸用力，才能真正帮助Waka出来啊！

一旁的院长一边竖大拇指，一边继续不失时机地指点："使劲时头不要后仰，看着自己的肚脐！""眼睛不要闭着，睁开眼睛更能用上劲！"温柔又坚定的声音带给我简便有效的方法和无穷的力量！

终于，在正确拼了两三回后，在我的耐心再度丧失之前，院长宣布："头出来了！现在，放松，放松，不要用力了！"可此时的我就像杀人杀红了眼似的，根本停不下来啊！我喘着粗气跟院长说："不行不行，我要使劲！""不行！"院长难得地严厉，"把手放在胸口，快速呼吸，努力放松，不能使劲，让孩子自己钻出来！"

没想到末了末了还得憋着劲！当初生老大时，进产房后的整个过程都是被逼着使劲啊使劲啊使劲啊！胡乱使劲到最后老大终于像决堤的洪水一样冲了出来。所以这次我一直在找那洪水决堤的感觉，现在还没来呢，怎么能不用劲了呢？

院长一边陪我做短促的呼吸，一边耐心地解释："让孩子自己钻出来对她好，这样你的下身也不会受太大伤害。”啊，原来如此！其实憋着不使劲和迎着痛使劲一样痛苦，在院长、护士和老公共同的陪伴下，我终于忍住了劲，逐渐放松下来……很快，我听到老公激动地在说：“啊呀，头头头，啊呀，看到肩膀了，啊呀呀，腿……全出来啦！”

这时我突然觉得奇怪，在国内当孩子刚分娩出来的时候应该会遣散家属的，据说是太血腥不宜观看。可是这里不但没有让老公出去，他进来时甚至连消毒服都没穿。这里的一切是如此温馨，整个过程是如此自然，好像就在家里的床上一样，一家人围在你身边，陪你共同经历和见证这个时刻。

7月22日凌晨5：48，经历了两个多小时的努力，终于，护士姐姐把刚刚生出的Waka放在我肚子上的那块白布上。我看着她，她闭着眼睛，没有哭闹，浑身裹着白白的脂质，没有一丝血迹，如同天使一般，安然恬静地躺在我身上，轻柔地呼吸。这时护士姐姐把剪刀交给老公，院长微笑地指导，就这里，剪吧！老公一手拿DV，一手拿剪刀，只见那只手颤颤巍巍，剪了一二三四五六七八下，终于断了！脱离了妈妈身体的最后连接，Waka终于哭了，我拍着她，轻轻唤着她的名字：“Waka，Waka，别哭了，妈妈都不哭你也不哭了好不好……”

护士姐姐起身给院长让位，然后把Waka抱走测量各项指标。这时院长坐了下来，温和地说：“好了，现在我要把胎盘娩出，来放松，我们慢慢来。”胎盘出来后他老人家居然举起来对我说：“看，这就是你的胎盘！”哇，血淋淋的，这可不好看，我瞟了一眼赶紧把目光移开说：“真吓人！”院长倒是继续笑呵呵地说：“好了，现在我要帮你简单缝合一下，你下面只撕开了一点点，很快就好！”从两腿中间我看到针和线鱼贯而行，院长还不失幽默地添了一句，“别着急，我帮你缝漂亮些！”哈哈哈，我简直要笑出声来了，我的院长啊，这个位置，有谁会去看嘛！

与此同时，护士阿姨过来在我的静脉上注射了一针，院长解释说这是宫缩针，促进产后子宫收缩回去的。这时我再次想到了三年前的那次经历，当年人为地进行了侧切，加上被要求用劲到底，结果撕裂过大，两周下不了床。又因为胡乱用力造成产后宫缩不利，而后引发产后大出血，在出血600ml仍无止住的迹象时才被迫打上强力宫缩针。结果再度迎来和产前宫缩时一样的阵痛，又是一个备受折磨的夜晚啊！重受一轮罪不说，在产后半年中我的血一直滴答不止，没有停过。

或许是医疗理念不同，这里似乎更加注重防患于未然，产后立即注射宫缩针是普遍的操作方式，同时再给你一盒止痛片，告诉你肚子一疼就吃一片。当年我还担心吃止疼片会对身体神经系统不好，会影响奶水质量等等，可是同无休止的疼痛与大量失血给妈妈带来的身心伤害相比，这种担忧根本就是顾此失彼，因小失大啊！

终于，一切都结束了。院长起身，慈祥依旧，祝福我们，然后就转身离开了。护士姐姐“咣咣咣”几声又把产床变回了生之前的模样，嘱咐我就躺在这里好好休息两小时，检查没问题了就可以回病房了。

Waka暂时被抱去了婴儿室，我则躺在舒服的席梦思上很快被扯入梦乡。睡梦中，我重温着整个过程，我可以清楚地感到产道被张大，那个小生命和我一起一点一点努力的力量。尤其到最后一刻，她完全凭借她自己的力量，瓜熟蒂落。当她真正出现在我面前时的那种纯洁与恬静，让我感到所有的努力都是那样值得。感谢登村医院的院长和护士们，他们给我的是如同家般的温暖、长辈般的关爱和无比专业的呵护，他们给了我无穷的力量和信念，让我顺利分娩，也在我生命中留下了最温馨难忘的一刻。

2013 年 7 月

出院和院长合影

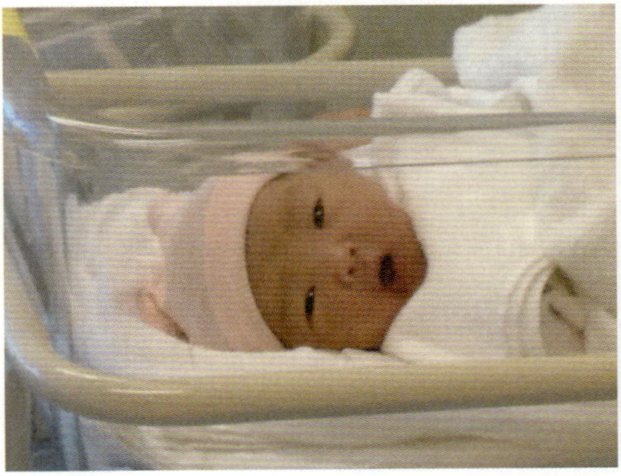

隔着玻璃看“公主”

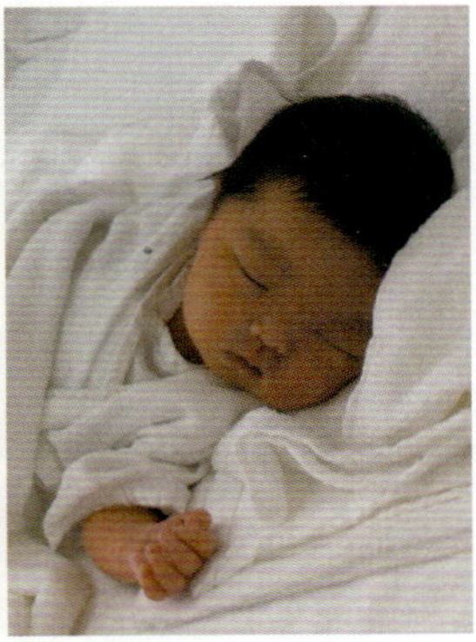

婴儿室里呼呼睡

涂指甲？不一样的住院记

分娩刚一结束，护士姐姐便拿了一盒插着吸管的饮料给我，我正是累得口干舌燥，闭着眼睛大喝了一口，哇，是冰的啊！

两小时后的复查没有问题，护士姐姐问，Wang-san，能不能自己去厕所？我瞪大了眼睛盯着她，我没听错吧？可是那个“不”字最终被她温柔的眼神压了下去，我咬咬牙，说：OK，let me try！

之前在国内生的时候第一次下床是在三天后，结果还是因为体力不支伤口倍痛，被老公搀扶着刚走两步就赶紧又回到床上，那一躺就躺了两个多星期，吃喝拉撒全在床上完成。而现在，本宫刚刚生完哪，刚生完就要我走、路、上、厕、所吗？

话既出口，只得硬着头皮慢慢起身、穿鞋，被扶着走到离床几步之遥的厕所门边，然后被嘱咐：你慢慢来，我就在外面等你。话说日本人真的极注重隐私，厕所这种地方是绝对不会陪你进去的。我只能点点头，自己扶着进去，坐下，完毕，起来，再出来。一出门突然头发晕，眼前一黑，好在离床不远，我走了几步就被扶回床上，睁开眼睛，看见护士姐姐紧张得不行的脸，我长呼一口气，oh yes，我做到了！

在产房吃完午饭就该回自己的病房了，照例还是要自、己、走、回、去！想当年本宫可是被平板车推回病房的啊！不过有了自己独去厕所的经历，现在好歹也多了些信心。于是老公一手拿着包，一手拉着我，我们就这样并肩走了起来。咦，好像也没那么难嘛！

每个人都是一人一屋的单间，一样粉嫩的墙纸，一样舒适的床铺，带一个独立卫生间。进来后护士姐姐递给我一张日程表，上面写着住院五天的每日安排，然后说：因为今天是第一天，您什么都不用管，就请安心休息吧！

苍天啊大地啊，小女子太感动了哇！想当年生完老大后那个折腾真是不堪回首：都说母子同房好，于是我们也就跟风地同了，可是因为自己根本不专业，一直都很紧张，一会儿怕他饿了赶紧抱过来喂两口，一会儿看他拉了尿了又不停地换尿布，一会儿发现他打嗝以为他要死了，一会儿人来人往地看他逗他摸他，结果把孩子搞得动不动就号啕大哭，大人更是累得筋疲力尽。那个晚上我正好大出血下不了床，自己的病痛都难以忍受，更别提还要照顾孩子！记得那时，我绝望地躺在床上，心想本希望生完后可以好好地睡场大觉，如此看来从此之后根本再也无好觉可睡。

现在好了！孩子有专业人士帮忙带，自己的身子又无大碍，每天的日程早已按点排好，根本不用担心随时有人来扰。于是老公老爸全部回家陪老大，我独霸一间，真可以放心大胆地睡他个天翻地覆啦！哇哈哈！事实情况就是，第一天到了半夜时分时我居然已经睡到睡不着了，于是打开电视，里面正在重播和Waka同一天出生的英国皇室乔治小王子的新闻……

开心归开心，对护士说的“第一天宝宝什么都不用吃”，我还是有些顾虑，心想那样宝宝还不得饿死哭死？于是忍不住每隔一会儿就跑下楼看看，结果每次去时婴儿室都是那般安静，Waka睡得是那样的香甜！又问护士她到底哭没哭，护士每次都微笑地说：“她一直在睡，没问题！”

这简直再次颠覆了我对婴儿的理解！在国内，从走进产科开始就会听到哭声不断，无论是集中看管还是母婴同房，婴儿在哪里，哭声就在哪里！护士说小宝宝是吃了睡睡了吃，而在国内宝宝还多了一个哭！

其实反思一下，这都是由于我们不良的喂养习惯造成的啊！记得老大刚出生的第一个晚上我们也是母乳啊牛奶啊水啊尝试个不停，结果换来的只是越来越多的苦恼。宝宝刚出生，筋疲力竭，更需要的是休息，他们通过休息来成长和排毒。他们天性平和纯洁无瑕，不爱以哭制人无理取闹，此时妈妈也是奶水未下，却仍要勉强彼此，用无知的喂养，把乖宝宝变成哭宝宝，自己还一脸无辜！

次日上午9点，按照日程要求，我正式开始了新妈妈培训课程。

第一项，给宝宝洗澡。

以前在国内的时候，老大一岁前我都没给他洗过一次澡，月子里，怎么能动水？现在没办法，入乡随俗嘛，洗澡要从第一天抓起。

即使做好了心理准备，到了现场我还是临阵脱逃了，看着软软小小的孩子真不敢碰，没办法今天只好换老公上。话说日本女人也真是能干，即使刚生完，孩子的一切也都由妈妈亲力亲为，相比之下，中国男人真是贤惠顾家太多了。

躲过初一躲不过十五，虽是答应了今天由老公洗，护士姐姐仍是不忘认真地嘱咐我说：“Okaasan（妈妈），明天一定要由您来！”于是第二天，我还是不得不硬着头皮上战场。按照护士的指导和节奏，我发现其实也没有想象中那么可怕，就像生孩子需要技巧一样，洗孩子也很有技巧。比如，在孩子肚子上搭上一块大毛巾会让他有安全感，这样孩子就会一动不动地任你摆布了；再比如，洗完之后再让孩子坐到一个暖暖的清水盆中待半分钟，无论之前他哭得多厉害，这一坐他准会舒服地张着小嘴一动不动……我虽然洗得满头大汗，却也享受不已，倒是苦坏了趴在窗外张望的老妈，捶胸顿足气急败坏地嚷嚷：“哪有刚生了孩子就弯着个腰的！还动水！这可如何是好哇！”

洗澡这一关有惊无险地顺利通过了，之后进入第二关：换尿布。此时惊奇地发现这里的医院竟然用的还是咱们最传统的布尿布，并反复被告知女宝宝要从前往后擦，男宝宝从后往前擦。

下面就该喂奶了。喂奶垫、喂奶椅全是统一的，一字排开，坐垫中空，这样不会接触到下身的伤口。妈妈们穿着统一的住院服，依次坐在椅子上，以近乎相同的姿势抱着近乎一样的宝宝喂着奶。

看得我真是着迷啊，在中国这种整齐划一只有军训时才见过吧，在这里它却俨然已成为一种文化，无论是学校的校服、公司的制服、医院的住院服，连宝宝的和尚服、帽子、被子等都是统一的！这只是硬件，更绝的是他们说话的姿势、跪的姿势、笑的姿势、喂奶的姿势，连宝宝睡觉的姿势……天哪，都是如此一致！

带着一种莫名的膜拜，我也加入了这支队伍。护士教我要把整个乳晕放入宝宝口中以减少对乳头的伤害，教我每五分钟换一边以保持宝宝的兴奋度，教我把食指伸进宝宝口中以让乳头顺利脱身……一招一式都像SOP一样，怪不得出来的都是一个模子！

其实作为一个用母乳把老大喂到一岁的妈妈，我本应该很有经验，但经过这次护士的重新培训，我才发现之前存在很多问题。比如以前一次让宝宝吃太久，吃到妈妈宝宝都累得睡过去，醒来之后发现他竟然又在吃！

其实最后他只是拿妈妈的奶当安抚奶嘴，根本吃不到什么了。只有最开始的五分钟既是奶水最充裕，也是宝宝最带劲的时候，因此每边五分钟，最多两轮足矣。到了时间宝宝若不松口，只需将小指放入他的口中，乳头便会顺利脱身。再比如以前每个小时几乎都在喂奶，宝宝一哭就喂，其实即便是按需哺乳也要有度，可以以其他方式，例如陪宝宝玩玩，分散一下注意力，到了差不多两小时左右再喂，这样也能更好地保证奶水的质量和妈妈的精力……

学习下来我的感受是：喂母乳是一件任重道远的事情。孩子的睡眠长度、体重的增加，是判断母乳是否足够的硬指标，然而除此之外妈妈和宝宝在这一过程中的感受是更为重要的软指标。如果单纯为了母乳喂养而搞得妈妈每天心力憔悴，抱怨不断，这样的情绪势必也会传染宝宝、影响家人，最后谁都不会开心。养孩子应是一个自然而快乐的过程，抓大放小，不要太较真，实在不行适时添加些奶粉或许也是很好的调剂呢！

再说说医院里其他的一些免费服务。

首先，住院餐好好吃啊！量比一般的定食大两倍，质也称得上“御膳”了，荤素搭配，和洋轮流，水果饮料兼备，色、香、味俱全，到了周末还有神户牛肉！据说一般产妇只能吃完一半，我每次都吃得底光光！

还有印象最深的——做、指、甲！没错，刚生完几个小时喔，就被带去做指甲噢！护士说妈妈们都是爱漂亮的，看我心有余悸的样子还安慰我说，别担心对宝宝有什么影响啦，指甲油的味道一会就全散了……做完后看着美美的指甲，我满心欢喜。要是在国内我可是全然不会有这个机会的，什么做指甲、做头发、化妆等事情一定都会因为怀孕哺乳而被叫停，理由就是对宝宝不利。可在这里，怀孕妈妈依然天天化妆，产后依然可以做指甲！我不相信这里的妈妈会不在乎宝宝，我更不相信这里的小朋友会因此就比中国小朋友笨呢。

住院餐

在产床上吃的第一顿住院餐

就这样每日按点开饭，按需喂奶，固定时段给宝宝洗澡，接受检查，尊享服务。按照日程表过了5天就该出院了，可我还想再住个50天！出院的时候我睡眠充足，肚子回收，流血减少，奶水充沛，精神焕发；Waka也被照顾得干干净净，健健康康，见人爱笑，一笑一个酒窝！回想起来能有这样的结果，我认为最有帮助的，一是全自然的分娩，二是母婴分房。不过最令我妈自豪的还是Waka的体重，因为她是整个母婴室最重的宝宝！唉，又俗了是不是！

除了对Waka，老妈对我也是极不放心，她对住院餐里的咖啡水果，对每天要跑上跑下喂奶，对每天要弯腰动水给宝宝洗澡，甚至对病房里的空调电视都颇有微词，什么看电视会把眼睛看坏呀，吹空调会让骨头进风啊，弯腰会落下腰病呀，走来走去会脚跟疼啊，吃凉的会引起肠胃病啊……我常反驳，没事啊，我现在感觉很好啊，她老人家就马上会说，这些病都要等你老了才知道有多严重！

老了到底会怎样我不知道，我只知道，如果连眼下都不好，怕是都等不到老了的那一天吧！

后记

生孩子加住院共6天，花费60万日元，大约人民币3万多。而且妈妈从怀孕到生产，孩子从出生到长大，政府都承担了相当大的一部分费用。这里有优厚的政策鼓励生孩子，无论是不是日本人，从得知怀孕的那一天起，就可以去居住地所在的区役所领取《母子手册》，里面包含了几万日元的免费券，用于产检、生孩子和日后给孩子打预防针。生完后，政府又会一次性将42万日元（两万多人民币）奖励给加入了日本医疗保险的人。再以后直到孩子上初中，每个月政府都会将5000—15000日元（大约几百到一千人民币）的儿童津贴给每个家庭，孩子越小领得越多，家庭的工资收入越低拿得也越多。所以呢，在这儿生孩子自己是不需要掏太多钱的，有些人甚至赚的比花的多。再加上政府工作人员和保育员时不时登门拜访，检查目前婴儿的身体状况，实在让人感到心里暖暖的。

在此，摘抄印在《母子手册》中文版后页的日本“儿童宪章”中的一段：

我们遵照日本国宪法精神，为了树立对儿童的正确观念，为了所有儿童的幸福，制定此宪章：

儿童，作为人应受尊重；

儿童，作为社会的一员应受重视；

儿童，应当在良好的环境中快乐成长；

…………

2013 年 8 月

妙妙的百日照

日系写真大片曾经让多少少男少女为之心动，真正来到此地却发现身边的照相馆远非如此。

妙妙百日，为照相留念，我们去了大家一致推荐的儿童照相馆：Alice Studio。朋友的孩子照相都来这儿，据说有500多套服装随便挑，爸爸妈妈兄弟姐妹们也可以一起照，传说照出来可是相当卡哇伊的哟！

电话预约时间在周六早晨10点左右。Alice Studio在一个商场的楼上，9点半，我们穿戴整齐带着两个孩子赶到楼下，就看到一个身着Alice工作服的女孩正笑容满面地站在那里等候，见到我们主动迎上来问："请问是韦先生韦太太吗？"

没错！于是跟着她上楼。走到门口一看，嗬，一大早人已经不少了呢！门面不是很大，比起国内几层高的影楼小太多了，也就是一个50平方米的平层，一大半的地方还用来放服装，只有另一小半用来照相。迎宾，接待，挑衣服，化妆，照相，选片，标准流水线，一条龙服务。负责接待我们的小姐拿来一份看不太懂的拍照同意书请我们签字，并特别叮嘱：自己是不可以拍照的，但是可以录像。噢？我问，可以拿iPhone录像吗，姑娘说可以啊。那我拿着iPhone是在照相还是录像你怎么知道呢？想想这么问太不地道，于是咽下了后半句。

一开始我们很兴奋，在乱花丛中开始挑衣服，真的有500多套噢，不过适合妙妙这个年纪的也就十几套吧。眼花缭乱地给妙妙定了三套服装：和服、婚纱和小蜜蜂，除此之外还给她设计了一个光着身子的场景。然后也给啸啸选了身和服。

选完衣服后，孩子们就被送进化妆室更衣。里面有一位老奶奶专门负责给孩子穿和服，另两位姑娘负责给孩子化妆做头发。男孩子本就不喜欢打扮，硬是在众人温柔专业又不由分说的捯饬下，“和服韦太郎”终于诞生了。

这边的妙妙则是一副“众人皆醒我独睡”的样子，从进了店门就开始睡，换完衣服继续睡，睡吧睡吧，睡得我们后面来的客人一个一个都照完了，她还在睡！

大约一个小时后，“韦贵妃”终于醒了，我激动地抱着她找人照相，却被告知要耐心地等待，因为已经错过了本来属于我们的时间，现在突然插进去是很困难的。

什么叫错过了就要重新等，这也太死板了吧！转身一看照相间里，两台立式相机固定在那里，两个场景同时进行着拍摄，什么衣服配什么景都是固定的，一套一套地无间断作业，刚拍完城堡里的小公主，下一个就换成个森林里的小矮人，完全没有国内那种一个摄像师从头到尾跟着你的待遇，现在想要突然插进去好像确实有点困难。不过这也太为难我们啦，要是再等一会我们的“贵妃”又睡着了可怎么办啊！

兄妹合影

还好还好，机会来了，排在小公主后面的小矮人好像临时跑去厕所还没回来，整条流水线哪能因为一个人的缺席而停下，摄影师一看，示意我们，上!

一上场才顿悟：所谓摄影师根本不是专职的，她只是整条流水线上普通的一员，只负责遥控相机上的快门。她的左右两边配有专门负责逗孩子笑的助手两名。她们的工作都不是固定的，过个半小时服装师、摄影师、助手就交换位置轮个班；这不，刚才帮妙妙挑服装的姑娘现在就要来照相啦!

更死板的还在后面呢！因为机器是固定的，只能靠人去适应机器。于是小小的妙妙被不停地摆来摆去，坐直，抬头，还要笑，这对一个百日的宝宝是多大的挑战！想到当年啸啸百日时，摄影师一会躺在地上，一会站在桌上，不断地适应宝宝的姿势，长焦短焦变换着还拍出了不少特写。相比之下，面对着一个固定在那里根本不会变动的机器，妙妙可就委屈多了。

不仅如此，姑娘们逗孩子的方法也是“一绝”——绝对的一成不变、坚持到底。简单得就是举着一个铃铛摇啊摇，嘴里发出同一频率的笑声逗啊逗，固执到无论有没有效，她们就是要不顾一切地坚持到底。

可是有时候根本不奏效啊，甚至还会把孩子搞哭，可是她们怎么就不醒悟呢，怎么还继续在南辕北辙的道路上义无反顾呢？那副神情仿佛在说：只要功夫深，铁树能开花，臣妾会一直在这儿毕恭毕敬地等着您笑的……

这正是另一种民族性：不灵活，不思变，不独立思考。社会不鼓励个性发展，不培养批判性思维，只需要有一个领袖站出来告诉他们做什么、怎么做就行了，然后所有人就会不问对错、严守纪律、全力以赴。

第一张全家福，妙妙需要在一个椅子上坐直，然后抬头看镜头。天哪，三个多月的娃怎么可能做到？可是姑娘们真是顽强，一次又一次地把妙妙抱直，一遍又一遍地摇着铃铛，流程上说一个造型需要抓到至少五次到位的表情方可，于是她们不屈不挠地抱啊摇啊……拍到后面我实在看不下去了就索性直接跟她们说，好了好了，已经很好了，不用再拍了。

最痛苦的是拍小蜜蜂的那套衣服，妙妙就是不配合，而且越逗越哭。看姑娘们还一点没有停下的意思，我再也忍不住了，直接上去把妙妙抱下来，对着四周惊诧的眼神说："Stop，让宝宝休息一会再拍。"

结果一被抱下来，妙妙立马靠在我的胸前睡了。

这时已是午时，这次我学聪明了，反正怎么都是等，在哪等不行啊，与其在这漫漫傻等，不如出去转转再来。于是我直接走过去跟前台的姑娘说不好意思宝宝又睡着了，我们现在出去吃个饭，一会儿宝宝醒了再继续。姑娘勉强地微笑默许。呵呵，不管怎样，反正您今天得帮我照完不是？

这里略插入一点午餐见闻。走到一家面馆，看到门口贴着促销海报：今日免费加大碗！哇，这个国度有这种便宜真是百年不遇，不占白不占啊！于是不由分说我们点了三个大碗！像难民一样兴高采烈地狼吞虎咽了一会儿，发现其实根本吃不完啊，老公都没吃完更别提我和啸啸了！不过想想反正大碗是免费加的也就无所谓咯。心满意足地站起来准备买单，无意中却发现邻桌三个大男人竟然还是点的中碗，再环顾了一下四周，女士和孩子们一般是小碗，只有个别几个人点了大碗却也是吃得干干净净。

老公也发现了这点，嘴上嘀咕着，日本人真傻啊！脸却不知不觉地红了。真的，日本人有时会让人觉得有点傻：家里的东西够用就行，多的要么送人，要么就丢掉，很少囤货；吃饭够吃就行，几乎没看见过有剩饭的日本人，每个盘子都是吃得干干净净；房子够住就行，一个榻榻米解决吃喝玩睡的一切活动，有个100平方米的房子已经算是豪宅了。他们对物质仿佛没有太大的兴趣和欲望，不知道什么是排场，什么叫土豪，一切能满足

基本需求即可，同时却也重视质量，过着“少而精”的高品质生活。

可是，要是告诉妈妈我们在这儿的每顿饭都吃得底朝天，她一定会以为我们天天食不果腹吧！

话扯远了，我们红着脸回到照相馆准备继续战斗。终于，在姑娘们的坚持和我们的不断拒绝下，历时六个小时后，下午3点，我们总算是拍完了。

最后一步，选照片。没错，选照片！突然想起以前选照片的痛苦可不亚于拍照，要在几千条鱼中选出几条鱼是多么难的事情！一不小心就选了几百条，然后又心疼不已地再放生一些，再找回一些，如此循环往复好几个回合，最后要么是补交几百大洋，要么好像生死离别般忍痛割爱。可在这里——

负责选照片的姑娘首先开口了：“你们总共拍了四个场景六个造型，现在我们一个一个地看，好的，这是第一个。”第一个出来了，全家福，总共抓到了五张。姑娘指着这五张毛片继续说：“这五张中你们想选哪一张？”什么，我以为听错了，只要我们选一张吗？一共六个造型，难道折腾半天一共只需要选六张照片吗！姑娘看到我惊愕的表情赶忙说：“噢这个造型你们不喜欢吗？没关系，那我们来看下一组造型……”Oh no，等一等，姑娘你太可爱了吧！

后来想想，她们真的是简单，一来也不故意给你拍很多，二来拍出来了也没预备你会选很多。像我这么爱照片加有选择障碍综合征的人，这次竟然也只选了五张照片！首先，因为真的没有太多的姿势表情可以挑选，一个造型五张左右，六个造型一共也才三十张的样子。我们本着一个造型选一张的原则，最后还放弃了小蜜蜂的造型。其次，也是更重要的，没有人在一旁巧舌如簧威逼利诱，也没有卖照片拿提成的制度。

然后是选照片尺寸、选相册。为什么要选尺寸呢，因为这里照相是不给底片的！对！不给底片！实在想要就高价购买吧，大概一张底片500块人民币！所以想不买照片拿着底片自己偷偷去放大的人们就彻底绝望吧！那为什么还要选相册呢，因为他们好低调，不习惯把照片洗得大大的再镶上金边挂起来，他们只是把仅有的几张照片放入特制的相册里珍藏起来（也不知道啥时候还能再拿出来看看）。可是我们不行，一共就这几张还不得好好地炫耀出来！可是想在这里买相框的话超级贵。于是我们反复思考最后达成的一致意见是：五张照片，一张大的、一张中的、两张小的、一个冰箱贴尺寸。没要相册，想着以后回国了打几个阔气的相框回来再好生炫耀。共两万日元，也就是一千多元人民币。

回来跟推荐我们去的中国朋友说起时，她一脸惊讶：天哪，还可以不买相册啊！你们真是好聪明啊……好吧，顾客都被带傻了。

直到最后一分钟，姑娘始终笑容满面，一点没有因为被我们搞了六个小时结果才花这么点钱而给脸色。或者她们根本没有这种意识，她们只不过是流水线上的一名工人，大机器上的一颗螺丝钉，按月发固定工资，每个客人花钱多少其实跟她们并没有什么关系。

日本人其实很重视拍照，几乎每年的生日纪念日都会来拍上一次。那天我们就碰见好多全家老小一起来的，老爷爷老奶奶们也是西装和服的，打扮得很是隆重，孩子们也穿着小礼服、小和服，一大家子好几口人站在那里，咔嚓，就这一张。然后他们认认真真地保存好，压进箱底，来年再来，像极了我们20世纪七八十年代的照相馆，去一次就是永恒。

一个月后收到照片：人定在相片正中，表情从容端庄，服装高端大气，相片色彩鲜艳，颇具质感，配上纯色的背景和道具，摆在家里着实有种悠远又奢华的异乡味道。

2013 年 10 月

对抗生素的新认识

自打上学后，啸啸就开始不断生病，几乎以每个月一次的频率进出诊所，我们开始急得焦头烂额不知所措，后来却逐渐惊喜地发现：正是在这一次又一次的生病看病中，啸啸的体质开始越来越强，得病也变得越来越少，后来一年半载都没事了！终于，我们开始对孩子生病感到淡定从容，并习以为常了。

记得刚开始，啸啸一生病我就焦躁不安，无论早晚不管病情当下就冲去诊所拿药。可每次满头银发的老先生呢，总是一副无比淡定的样子，无论我叨叨叨地倒出多少废话，他只是迅速地抓住重点，最多三个问题，然后吩咐医嘱，然后就是sa you na la（再见）了。全程从未超过五分钟。

有一次，啸啸干咳不止，等我们急不可待地赶去时，医生看了看竟然说了句，没事，回家多喝水吧。这我哪肯罢休，赶紧追问："那需要吃什么药呢？""什么药也不用。”老先生依旧平静地说：“最近的空气质量比较差，很多小粉尘容易被孩子吸入，所以回家要洗洗鼻子，漱漱口，多喝水就是了！”呵呵，我望着窗外的蓝天忍不住地苦笑：老先生啊，您在跟一个从污染区走出的人解释什么叫污染吗？

又有一次，妙妙高烧到40摄氏度，头很烫，手脚冰凉，眼看着体温是还要继续上升的节奏啊！一晚上吃了三次退烧药，吃了退，退完又烧！好不容易熬到天亮，赶紧抱着她去诊所，先生先是看看耳朵，瞧瞧喉咙，再听听心肺，然后说：“嗯，好，没事，回去继续吃退烧药吧！”我大怒：“都烧成这样了，怎么会没事！”先生继续淡定地说：“肺音清晰，喉咙不红，耳道也没有炎症，应该是病毒引起的，最多三天自己会退烧的。”我欲哭无泪：“那……那万一不退呢？”“如果三天不退再来，到时可能需要去大医院验血，判断是否由病菌引起后再决定是否要服用抗生素。”

无论你怎么说，先生永远都是那副不为所动的样子，甚至还忍不住奇怪地看着你说：“这才第一天，温度很高是正常的呀！”更别提青霉素、头孢这类抗生素了，医生是绝对不会不做化验就开给你的。你急吧，急去外面药店也买不到！所以啊，听天由命吧！

居然，就在第二天，在吃完第N轮退烧药后，妙妙的体温恢复正常了，转而变成咳嗽流鼻涕的感冒症状。我无比惊喜地又带着她去诊所汇报，老先生依旧平静，说：“果然是病毒，那现在吃点伤风药水，再过三天就没事了。”我的那个膜拜啊，再不敢有任何异议地赶忙退下。膜拜之余去查了查资料发现，抗生素对人体的危害在国内并不是人人皆知的：首先抗生素只针对细菌或病菌感染引起的感冒发烧有用，而目前80%以上的感冒是由病毒引起的，滥用抗生素对孩子毫无帮助且还会因此产生毒副作用，直接伤害身体，尤其是孩子的听力；而且抗生素用不到位会使细菌产生耐药性，导致今后真正需要使用抗生素药物时效果变差，甚至无效；最可怕的是如果抗生素用得过多，则会大量杀灭体内的正常细菌，让病菌乘虚而入，严重时甚至可以导致死亡！

美国人发明了抗生素，但美国却不是使用抗生素最多的国家。在美国，购买一支抗生素比购买一支枪要难得多。人们都说生病能提高孩子的免疫力，我觉得如何治病才是能否提高免疫力的关键。若是一上来不由分说地动用各种药物试图打压疾病，怕是最后真正打压下去的正是孩子的抵抗力啊！

2013 年 9 月

第五章 人在旅途

神户港

今天趁老公放夏祭假，我们全家赶紧“亲子一刻”，再次去了美丽的神户港。

这次的重头戏是乘坐concerto（协奏号）邮轮。人民币不到200元一人，在神户湾上航行一个半小时，还可眺望著名的明石海峡大桥（是连接海上淡路岛和陆地的唯一桥梁，据称是世界最长的吊索桥）。登上甲板之后我异常兴奋，脑海中不禁浮现出当年Jack登上泰坦尼克号时告别岸上的友人，然后与Rose相遇的画面。刚想迎风高喊“I can fly！”时，突然瞟到船票上的这样一句话：We know you may be very excited to be on-boarded,however, please try best to maintain our peaceful atmosphere...（我们了解您此时激动的心情，但请尽力帮我们维护这里平和的氛围。）

我的兴奋劲儿仿佛起伏跌宕的波涛，摔了一大跤。

从甲板走回船身，落座在一个落地窗边，我环顾一周

神户港

邮轮之上 我在瞭望

海洋馆

神户塔——是否似曾相识?

发现好几个乘客竟然都眯着眼作假寐状，天哪！你们这是何必啊，不如我这般兴奋也就罢了，怎么舍得花着两千大洋跑到船上来睡觉！你们，你们有钱没处花给我好吗？

不过等等，难道这就是他们的休闲之道吗？上船时没人抢，拍照时慢慢排，点餐买单时慢慢等，我顿时想到了《In Time》那部电影的片断，在那个可以用金钱买时间的未来时代，富家小姐对一夜暴富的穷小子说："你是从贫民窟来的吧？""为什么？""我刚才看到你在小跑。"是的，真正富裕的人是这样的：悠闲、洒脱、与世无争，仿佛在邮轮上睡上一个午觉足以成为他们此行的目的。而对于一个快惯了、抢惯了、惜时如金、视浪费如犯罪的我而言，还是很难接受啊，很难接受……

一个多小时后，船绕海一周回来了。下船后我们又直奔港口岸边的神户航海博物馆。然而这一次，欢乐中带着更多的沉重。

汉字"海洋"，在日语中其实是航海（Maritime）的意思。我原本望文生义以为里面是水族馆，兴高采烈地忽悠啸啸去看海底世界，结果一进去立即被耸立在眼前的大船吓到了。

这个航海博物馆由川崎集团所有，讲述了神户港从过去到现在的演变和未来的希望，重点突出了川崎集团在其中的贡献。

对我而言这还是个新鲜事：其一，在国内只要挂上"博物馆"之名，必归国家所有，还从没见过一家私有公司也能打出这样的招牌；其二，国内的陆海空军工产业也是归国家所有，在这里则直接由几大财团垄断；其三，在国内军是军，民归民，生产民用产品的公司鲜有涉足军工行业的，而在这里，军民一家，产品从民用摩托车到直升飞机再到著名的"新干线"都是由民企制造的！

我对理工科的东西向来不感冒，因此对这些造船啊开飞机啊之类的展览没什么兴趣。然而就是那么随便瞄了瞄，几个醒目的数字跃然跳出，刺

疼了我的眼:

1886—1908年，川崎造船厂建立，航海业开始蓬勃发展；

1937年，设立了川崎航空机工业株式会社，自此之后，航空机进入鼎盛时期；

…………

我想到了什么？

1894年，甲午战争，日本在海上打败中国晚清北洋水师；

1937年，抗日战争，日本再度入侵中国；

…………

中日近代最著名的两次交手中，日本将我泱泱大国打得损失惨重，割地赔款，死伤无数，秘密就在这里：明治维新之后，日本学习欧美技术，迎上工业化浪潮，以大资本家政治取代过去幕府与武士的阶级政治，打下了现代化的基础，促使日本快速发展，跻身世界强国之列。

强而思变。一个国家只有国力强盛了，才会有扩张的野心和资本。而川崎集团，无疑是自此时期开始成为日本民族的骄傲，也成了提供侵华装备的直接帮凶。

而我国当年无论是社会制度、军事装备还是经济实力等方面，都与日本及欧美相差甚远。也正是在战争之后，才促使我们开始奋发图强。

作为一个在国内受爱国主义思想浸染多年的“红专”人士，此时此刻，我除了为我的同胞感到痛惜之外，也不得不对日本的工业革命深感敬畏。

2012 年 9 月

古寺枫叶红

京都一日游，枫叶自然美，风情惹人醉。

京都，是日本的前首都，其传统古典，类似西安，闻名世界。春季樱花绽放，深秋枫叶变红，每年到了春秋之际，全国甚至全世界的游客都会来到此处集合，共同赏花赏叶。于我而言，这里的枫叶自然美，但其风情却更令人心醉。

今天是我第一次来京都，从神户过来非常方便。日本的公共交通四通八达，在电车站买打折票很容易：住吉（神户）—京都，JR线单程590日元，不到50元人民币，真心不贵。不过这类打折票往往不是直达的，一般需要在某个站转一下。第一次乘坐遇到要转车时还有些晕，后来发现站名地名都用汉字书写，一看即明。一小时后，我们抵达京都车站。

因为是港口城市，在神户你能感受到海风阵阵，有点

清水寺的高台

京都路上

饮水许愿

大连、天津的感觉；而到了京都，那就彻底地进入了日本民间，四处洋溢着淳朴之风，寺庙神社遍地都是，和服女子遍街转悠。传说当年的遣唐使、僧人们去长安转了一圈，随后就建造了京都。

我们今日首选之地是清水寺，著名的世界文化遗产，以贯穿寺中清澈的溪水命名，据说喝上一口便能净化心灵，助你美梦成真。寺里有一高台，是以前的歌舞台，因为此处风景极佳，后来竟成为人们首选的自刎之地。

从京都车站出来坐100路公交车半小时即可到达清水寺，也许是旅游胜地的缘故，连站台边维持秩序的大叔英语都溜溜的，这在日本真不多见。下车后拐个弯开始爬坡，日本的寺庙一般都位居深山，即使如今成为旅游胜地，也尽量保留了原址，游人们都免不了再走一遭旧时僧人的老路。

一边爬坡一边环顾小路两旁的店铺，这些店铺真是各有特色引人入胜：有手工制作的日本娃娃，有简约精致的日式食器，有盛名远扬的明治宇茶，还有无数让人心生向往的甜点……我激动得开始大脑充血，正想冲进去一探究竟时竟然被理智绊住：清水寺这么大，时间不够逛怎么办？看来在前公司里时刻都讲的“建立优先级”还真挺有用。

终于忍着诱惑爬到了寺前，刚才远处的那个“小点”终于变成眼前的寺庙。橘红的柱子和我的衣服甚是搭配，但我从心底并不觉得这里有传说中的那般美：枫叶虽开始变红，但还有许多在红绿之间；高台虽风景独好，却远不至于让我情愿把生命的最后一刻留在这里吧，我不由得有些泄气了。

走着走着，瞧见一块石碑，“温家宝总理”和“千手观音”的名字赫然跳入我的眼帘。啊，原来是美丽的中国聋哑姑娘们的那一曲《千手观音》一路红到了“霓虹”国，曾在总理陪同下来清水寺奉纳公演啊！我的精神为之大振！

从高台转弯下坡，我们来到寺中最著名的“清水池”。如此的排队长龙在平日实属罕见，老公却不以为然地准备直接忽略，我当即大怒：你想什么呢，慕名而来不就为了“清水”二字吗，岂有路过不喝之理？于是不由分说地加入长龙，管他这水到底是仙水、海水还是自来水，心诚则灵嘛！

终于轮到我们，许愿、取勺、接水，然后喝上一口，余下的水用来洗手。仪式结束，我问啸啸：“你许的是什么愿望啊？”小人儿认真地说：“我想让妈妈天天陪我玩iPad！”晕啊！

两个多小时，偌“大”个寺就被我们逛完了，这才醒悟：永远不要和中国比“大”。按这架势，一天逛好几个景点都不要太轻松噢。

可这个道理我是事后才明白的。逛完清水寺还不到3点，我满心欢喜地赞叹我们的效率之高，然后准备好好探究一下之前怕时间不够不敢轻易进入的小店，再找一家最心仪的餐厅饱餐一顿，然后心满意足地踏上回家的电车，早些歇息，谁知……

老公拿出一副高效人士的样子，配上一副很欠扁的嘴脸提议：下一站，银阁寺！

什么！身为主妇三个月，我的节奏已明显放慢，凡事以舒心为主，身体力行即可，不强求，不追赶，不勉强。同时凡事也都要细细筹划，不打无准备之仗，也不走马观花，无视质量。而此时，我们店铺没逛，午饭没吃，天欲飘雨，啸啸已累得快睡着了，我还有身孕，更别提银阁寺在来之前更是一点功课都没做，万一走错了耽误了明天的上班上学……这，怎可贸然前行？

老公继续苦口婆心地劝说：当年我来京都的时候你还没长大，我很熟悉，一定不会走错，而且这么多年了，银阁寺是让我印象最深的一处，这次来了不去会后悔终生！

公说公有理，婆说婆有理，反正最后还是我妥协，跟着他问东问西颠颠簸簸的，一小时后我们真的摸到了银阁寺。还好银阁寺并没有让我失望，不然我会恨他一辈子吧。

所以呢，生活中有些意外，有些小插曲，有些不和谐不一定是件坏事，也没必要太纠结于自己的喜好不放，成人的世界哪有什么对错之分，只是各有利弊。如同塞翁失马一般，有时候更开放一些，灵活一点，收获到的或许是在自己的世界里永远得不到的东西。

下次如果有朋友来京都玩，我一定会首先推荐他去银阁寺：小而精致的庭院如盆景一般动人，因主寺遍身镀银而得名，随便一张照片都胜似九寨沟。寺中有三宝：仙草、银滩、枫叶。寺中的山上无草，只有苔藓类植物，人称其“仙草”；仙草上落下的斑斑“红叶”，虽不及清水寺那般火热，却红得恰到好处，与旁边松柏的绿、银杏的黄相映成辉；而那用银色沙子铺成的小路就是“银滩”了，精致得让人不忍践踏。

逛到一半时，啸啸从推车上醒了过来，一睁眼就欢呼着满地捡叶子去了。

一个小时逛完这里还绰绰有余，我们赶在人家五点半下班前出来了。老公颇为满足然后开始大献殷勤，竟然主动要陪我去逛街！我们惊喜地发现这里的小店其实并不比清水寺差，可能因为人少反而保持了更加浓郁和地道的气息！我一路买啊吃啊买啊吃啊买啊，天色渐暗时，我们找到一家还没打烊的小餐馆，一家三口二话不说吃了个底朝天方才不虚此行！

乘上末班车，竟然还碰见了许多此时赶来看清水寺夜景的游客。对，夜晚的清水寺会用红色的灯光将枫树照亮！可是我实在难以理解：用灯光打出的红色，还属于枫叶吗？

回到京都车站，再次仰视这座城市的标志——京都塔，一个巨大的白色蜡烛，象征着京都的传统和虔诚；转过身来，迎面又是一棵高耸入云的圣诞树！看这穿越，仿佛唐三藏在跟圣诞老人say hey呢！

2012 年 11 月

凤川樱花雪

子在川上曰："逝者如斯夫。"我在树下叹："春光真美妙！"

樱花一片似雪飞，年年春日看醉归。如果一生只有一次机会来日本，那么请在樱花时节来。

严冬已过，春暖花开，樱花绽放，争奇斗艳。樱花惊世之美，为世人所公认。每年三四月份正值花期，一到这个时候，整个国家仿佛没有别的事情比赏樱更重要了，无论是电视还是广播，各大媒体都开始竞相报道有关樱花的新闻；无论是天皇还是百姓，每个人都在努力追随着"樱前线"（樱花盛开的路线），从南部的九州到最北的北海道，一路追逐着赏樱的最佳日期，看不厌那刹那间辉煌的怒放与其后干脆利落的凋谢。

这年四月，我们和友人相约同行。

在国内说起"赏花"，听着总有些故作风雅，矫揉造作，甚至有人会嗤之以鼻。不错，在国内真的是“走马观花”，仗着地大物博，拥有大好河山，随便驱车即可到达一处繁花似锦的胜地，然后游客们大呼小叫地一阵拍照留念，就满意地驱车而归了。不就是这么回事吗，还有什么好“赏”的？

而为了这次的赏樱，我们提前两周开始计划：研究日子，选定地点，分配工作，分头准备。另两位朋友都是正在上班的女强人，于是我便“主动”承担了大部分的准备工作。

说到准备，主要是吃。赏樱之日，人们常常是坐在树下，打开准备好的烧酒便当，望着头上的樱花，开怀畅饮，倾诉衷肠，尽情享受大好春光，感受扑面而来的“花吹雪”。这一坐，就是一天。

这一天，终于在期盼中来临。风川，是我们本次赏花的目的地。一大早朋友开车来接我们。一路上处处都是樱花树，有的是满开的，也有的还不成气候；马路上也处处都是赶去赏花的车辆，狭窄的公路也因此更加拥挤了。好在去往赏樱胜地的路上都有交警指挥交通，分流车辆和人群，即使有些慢，却也还算有序。

经过一小时左右的车程，我们到了风川电车站，停车、步行。刚下车时有些找不到北，正好迎面碰上一位慈眉善目的老太太，我硬着头皮迎上前刚吐出“Ohanami...”（赏花……），她便心领神会地笑弯了眼然后指了指左前方。哈哈，看来来这儿的人都是同一个目的啊！

渐渐的，一棵，几棵，一片，几片……一眼望不到边的樱花林出现了！中间有一条小河，河两边的堤岸上全是樱花树，从源头到入海口，满满的看不到边，玉树琼花，堆云叠雪，美妙得如同天上人间。

我们走到跟前，发现花开得最绚烂的树下空地早被他人占据。人们好像有组织有纪律地来到这里一样，铺开一张张蓝色地垫，标准尺寸，整齐划一；拿出一个个便当盒子，干净整齐，漂亮诱人；打开一瓶瓶清酒烧

夜间樱花

人若樱花美

酒，相映成辉，不醉不归。

还好我们也不算晚，找到一个两棵怒放樱花树之间的位置，铺开几张色彩鲜艳的地垫，拿出装着凉面卤菜的各式饭盒，打开珠江菠萝啤，再支起一个硕大的帐篷……嘿嘿，这样的装备实在让路人们想不侧目都难啊！

旁边一家人的老式录音机里传来经久不衰的日本民歌“sakura（樱花）”，一阵微风过，头顶上的樱花在开得最绚烂的时候竟然开始随风起舞，飘落至身，飘零入泥。我们就在这样一场樱花雨中，谈天，饮茶，聆听，沉思，尽享青春年华，任凭时光流逝。

美而易逝也许是最让人惋惜的事了。在日本有一说：“樱花七日。”就是一朵樱花从开放到凋谢大约为七天，一片片小小的细细的粉红的洁白的花瓣，叠加在一起，在某一个瞬间突然开放了自己，一夜之间占据了全部春光！但很快，它们又像雪花般飘飘而逝了。也正是这一特点，才使樱花有这么大的魅力，被尊为国花。不仅是因为它的妩媚娇艳，更重要的是它经历短暂的灿烂后随即凋谢的壮烈。从默默的含苞待放到短暂的绚烂至极，再到瞬间的飘零入泥，日本人民从樱花中感悟到了人生的诸多含义。

“花如樱花美，人如武士威”是日本的一句俗语，日本武士道以樱花散落形容武者的最高荣誉：不求衰弱而老死，只求在人生最勇猛的时候战死沙场。正如人们爱樱花，除了爱她的美艳，更是赞赏她极盛凋落、不污不染、忠烈洒脱的性格。而这，恰恰就是日本人民崇尚的武士精神。

樱灿惊三月，如霞丽质柔。

凋零香殒日，壮烈更风流。

——《五绝·樱花颂》徐书信

2013 年 3 月

有马温泉

谈到日本，大家最先想到的几样东西就是：樱花、温泉、富士山。来日本一趟，要是一样东西都没有见到，可就太可惜了。

樱花好说，最为普遍又近在咫尺；而富士山远在伊豆地带，去一趟不易，而那里正巧也是久负盛名的温泉宝地，何不一趟搞定两个景点？

然而事实证明，这个理论上的高效并不可行。做了调研，查了攻略，我才认识到，富士山不在公共交通可以直达的范围，要由新干线倒电车倒巴士再步行……若是情侣的蜜月行倒是别有情趣，可作为带着一个三个月大的婴儿和一个四岁活宝共同前往的家庭旅行就不免太折腾了，最后我们只好选择在前往东京的新干线上远眺富士山以饱眼福。而温泉，则选择了离家不远，也颇具名气的有马温泉。

有马温泉（Arima Onsen）是关西地区最古老的温泉。

在8世纪，是由佛教僧人行基建造的疗养设施。历史悠久，素有“神户之腹地”之称，是日本三大名泉（有马温泉、下吕温泉、草津温泉）之一。有马温泉的水质富含矿物质，泉水中含有约为海水两倍浓度的铁盐，泉色有似铁锈红的“金泉”和无色透明碳酸泉的“银泉”。因为日本人沿用古称，管热水或温泉叫“汤”，所以又被称为“金汤”与“银汤”。“金汤”与“银汤”都含有铁钠强盐、高硅酸等七种以上物质，是少见的多成分含有泉，对于治疗风湿与神经痛有显著的疗效。因此，古往今来，钟情“金汤”“银汤”者不绝，日本战国时代的著名英杰丰臣秀吉就曾经是有马温泉的常客，蒋介石和宋美龄夫妇也曾经是有马温泉的贵宾。

有马温泉位于神户六甲山上，交通极其方便，公交电车都有直达。彼时已是12月底，本来就冷，山上更是萧风瑟瑟。下了车，我们立刻被迎面吹来的冷风冻得打了个哆嗦。不过空气却是格外清新的，稍作整顿，我们便速速向预订的酒店——Amari Grand Hotel前行。

话说有马温泉并不只存于一处，这一带有众多的酒店旅馆，其温泉都源自有马。因为日本人泡温泉之普遍就好像洗澡一样，每天在家泡个澡，周末上山泡个汤，并不是什么了不起的大事。不过适合这种日常消费的温泉场所就好像澡堂一样，几百到一千日元的门票，进去洗完泡完就出来了。而对于我们这类大老远跑来想好生体验一下日本文化的游客来说，选择一个不错的酒店，最好能集餐饮、温泉、住宿于一体。有机会真正感受一番温泉文化，才算是不枉此行吧。

Amari Grand Hotel是有马地区著名的酒店，在国内应该算是四星以上。这里提供洋室或和室的住宿，大堂共食或送到房间的餐饮，当然不会少有马的“金汤”和“银汤”。最聪明且人性化的是，他们还提供当日往返的住宿选择，所谓的“当日往返”就是借过夜客人退房与入住间的几小时间隔，将房间提供给当日往返的客人使用，房间里同样可以睡觉吃饭，价格却比过夜的要便宜许多。这种方式极其适合不想要过夜却也想充分享受酒店全套服务的旅客——比如我们。

再爬上一个大坡就到酒店大门啦！门前穿着和服的迎宾姑娘远远地看到了我们，趿着木屐迎着寒风哒哒哒地跑过来……一边致歉，一边赶忙接过我手中的童车，将我们送入酒店。啊，里面真是春暖花开。日本就是这样，即使外面冰雪三尺，屋里也一定温暖如春。脱去沉重的棉袄，坐下休息，这时一位说着中文的服务生走了过来，笑容满面地跟我们打招呼并做自我介绍，然后说："看了你们的登记，原来都是中国人，领导就派我来接待你们了。"登记完毕后她带我们去房间，推开门走进玄关，我一眼望进去便不由惊呼：就是它了！

是的，宽大的房间，一尘不染的榻榻米，中间摆着典型的日式桌椅；正前方挂着画，供着花；左侧还有一个茶水间，也配有餐桌餐椅，不过是洋式的，要站着使用；外面一个放着躺椅的大阳台，啸啸不顾严寒直接就飞奔了出去爬上躺椅躺下。当我们已经为遇见了想象中的屋子幸福得不知所措时，竟然发现这里还有更大的惊喜！茶水间旁边还有一个门，推开，哇，里面还有一个房间！这个房间就是"洋室"，就像国内酒店的标间一样，两张床，雪白的床单，标准的家具，但给人的感觉古朴些，黄色的木质家具仿佛让人看到了这间屋子的年龄。一旁梳妆台的桌面掀开竟然是一面镜子，我恍惚间觉得，这其中该是记录了多少美人的容颜？房间的最里面连着另一个门，走出去就又到了门口的玄关，沿着玄关和走廊走到底，就是厕所和浴室。

话说一般日本人的房子虽小，门却很多，迷宫一般，机关重重，而且在厕所这个问题上丝毫不马虎：不仅马桶、浴室、洗手台被分成三房，且其浴室面积也会占据整个房间中相当大的比例，若用国内的标准评估，则比例不太协调。然而，这种设计一来更加卫生、私密、人性化，二来更说明洗澡在日本文化中的重要地位。怪不得很多人选择在这儿住上两三天。

确实，要在区区四个小时内享受房间里的一切，实在有些辜负了。

还沉浸在房间给我们的惊喜中，一位穿着和服的奶奶敲门了。噢，午饭来了。在日本的这些日子里，我们常常抱怨日餐的华而不实，简单、量少、清汤寡水，老公每天下班回来第一句话就是午饭吃不饱，于是乎经常“强迫”我给他带饭。所以今天来到这里，虽是点了“超豪华料理”，却也不敢抱太大希望。沏茶，递毛巾，摆餐具，老奶奶跪坐在地上，一招一式地为我们服务，我被感动得实在有些不忍。紧接着，奶奶端进来一个电饭锅，是的！电、饭、锅噢！我们竟然有一锅米饭可以吃啦！哈哈放心了，就算一会儿菜少也不怕喽！

紧接着，上菜了。奶奶为我们斟满酒，然后又端上一堆精致的小碟。倒是比普通的定食多几个碟子，可也就是仅此而已，除了酒再无意料之外的东西。果然如此！我不由暗暗叫苦，真是对不起这个价钱了！压着失望，默默安慰自己说，这房间超值了，吃的差点就算了。不到10分钟，我们把众小碟们一扫而空，说时迟那时快，敲门声又响了。奶奶再次出现，她竟然再次送来了一堆碟子！我有些没反应过来，她笑盈盈地帮我们把面前的菜单打开，指指上面，意思是：刚才是食前酒和前菜，现在是烧物了。My god！我大喜！赶紧在老公面前得意起来：我就说一分钱一分货嘛，我就说没来错吧，我就说日本人讲起排场来一点不比咱们差吧，哈哈哈！

“造り、吸物、烧物、相钵、香物、之椀、果物……”数了数，前后共有13道菜，一道一道地上，一味一味地醉。从最著名的神户牛肉到最普及的寿司，从六甲山上的山椒到濑户内海里的海老，每一道菜都写明原料、产地，并个个都配有相得益彰的食器和令人回味无穷的名字。是啊，连碗米饭都被尊称为“御饭”，更别提“强肴”的神户牛了。整个菜单从上到下，从右到左，由行楷书写，颇有中国书法的路子，也融合了日本平假名的韵味。看着菜单，欣赏着菜肴：一刀刀修出的萝卜花绽放在长芋枝头，一粒粒饱满的银杏穴子游冶于茶碗蛋中，一尾尾鲜艳的银鱼小憩在水菜边上……天哪，这哪里舍得入口，这哪里是菜，这简直是艺术！透过它们，师傅们精工细作的神态就在眼前，日本人追求细节、力争完美、踏实敬业的精神再次荡然于我心。

这顿饭吃了将近一个小时。酒足饭饱后的我在温暖的房间中竟然开始昏昏欲睡，索性，让老公换了浴衣先去“泡汤”，我带着两个娃睡个好觉再说！

不知过了多久，老公回来了，红光满面，容光焕发。他匆匆把我叫醒，急不可耐地催促我快去，说楼上楼下各有一个温泉区，每个温泉区又分室内室外不同池子，要抓紧时间，不然就来不及享受啦！

是啊，来之后吃了一个多小时，睡了一个多小时，眼看只剩最后一个多小时了，还没进入正题！赶紧的呀！

房间里早已备好了泡汤物品：浴衣、木屐、手袋、钥匙等。于是我速速换上浴衣，蹬上木屐，拎起手袋，里面装好头绳首饰等物件，然后，噔噔哒哒，一摇三晃地走出门。嘿，好像还真像那么回事！

那么多池子我必是逛不完的，也没必要去全，我心里想着，能在其中一个里面充分放松享受就够了。于是我选择了最大的那个，在楼顶。

刚出电梯门，立即被竹林环绕，木屐踏着碎石小径，婉转前行。虽仍在室内，却如同真正走进了大自然一般，这“前戏”做得很到位啊。

又是一扇木门，走进去便是温泉入口，男女有别。进了女宾部先是更衣室，再往里穿越，便是沐浴的地方了。在日本泡温泉的规矩是要先把自己洗得干干净净，方才准入。

好久没进公共澡堂啦！脱光衣服往前走了两步，然后非常不好意思地退回来裹了个大毛巾再低头往前走。一扇自动门呼啦地打开，里面就是洗澡的地方。走进来后发现其实大家都很自然嘛，坦诚相见神情自若，该干

前菜

食前酒
梅酒の炭酸割り
前菜
秋刀魚とのし梅磯辺揚げ
蟹福紗焼き 河豚煮凝り
長芋雲丹焼き
海老アボカドソース
菊花・水菜お浸し
造り
鯛 鮪 烏賊いくら
鰤 帆立焼き霜
吸物
焼物
鶏有馬山椒焼き
焚合
冬野菜煮
揚物
海老 野菜天麩羅
御飯
兵庫県但馬産こしひかり
香物
白菜 胡瓜 赤蕪
止椀
赤だし
果物
梨 葡萄 オレンジ

丰盛的“超豪华料理”

吗干吗。好在每个淋浴的位置都是用墙壁隔开的，彼此独立，私密性还是很好的。此时人不多，我随便找了一个位置坐下，对，是坐下，一张小木凳给你坐，一个小木盆和一个小木勺供你用。迎面，是一溜N种沐浴产品和工具，大约有三种洗脸的，四种洗头的，五种洗身体的……我也看不明白都有什么分别，索性一一都用过再说！

好嘛，这边正洗得忘乎所以时，我无意间抬眼看到了时钟，又是半个小时过去啦！我的天哪，我的温泉，我这就来啦！

室内室外各两个泉池，室内为“银汤”，室外“金”“银”都有。外面天寒地冻，我不敢贸然向前，还是先感受一下室内的温情吧。“银汤”，水温50℃左右，含碳酸泉和放射能泉，据说对慢性消化系统疾病、慢性便秘、痛风等都有很好的疗效。我倒不图治病，只想单纯地享受全身融入水中的放松与舒适。池边还有几个木勺，客人们用它们不断地将水浇在身上。

不出10分钟，我的身体开始微微发热，脑门也出现了汗珠。温暖的泉水赋予了我无尽的力量，我坚定地萌生了挑战室外温泉的念头。

室外，0℃上下，天寒地冻，唯有那几池泉水吐着泡泡，升起缕缕白烟。一丝不挂的我推开门，一阵寒气扑面而至，激得我直打哆嗦。稳了稳步子，咬了咬牙继续向前，终于走到了著名的“金汤”前，果真是金色的！我好像在沙漠中发现了绿洲一般，闭着眼睛，纵身一跃，整个人沉入水中，不愿离去……

偌大的室外温泉区，仅我一人。山高楼远，居高临下，四周被竹林环绕遮蔽，形成最有利的泡汤地势。外面冬寒料峭，水中温暖如春，在最冷的季节裸身于室外，额头却流下丝丝汗珠，如此强烈的对比，正可谓是“冰火两重天”。身处水中，放眼天外，静待烟雾缭绕，静看风卷云舒。此时此刻，还管他什么世事纷争，整个人生只有当下……

2013 年 12 月

第六章 临别

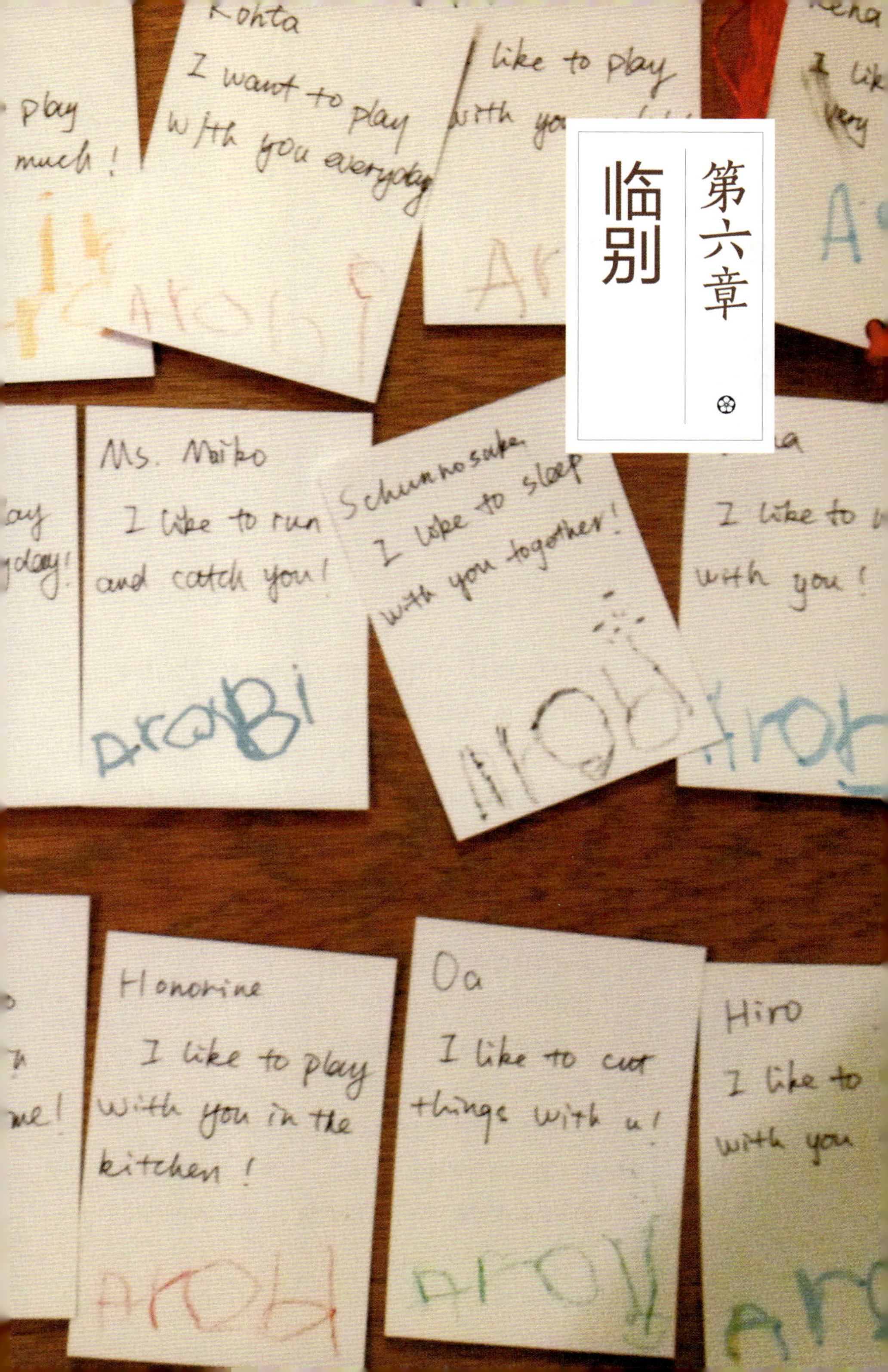

Kohta
I want to play with you everyday
like to play
Ms. Maiko
I like to run and catch you!
Arabi
Honorine
I like to play with you in the kitchen!
Oa
I like to cut things with u!
Hiro
I like to
with you

啸啸的『毕业』

在日本的最后一个月，离别已进入倒计时，我们却变得更加忙碌，除了要整理打包搬家，还要……

还要照顾一个整天挂在奶上的小婴儿；

还要保证一个面临期中转学的小男生，确保他平稳过渡到新的国家；

还要计划自己下一步的学习和工作；

还有……

还有各种离别欢送会要参加；

还有各种离别礼物要制作；

还有各种带不走的家具要变卖；

最后还想再走走，再看看，

在最后的日子里再好好享受一次这里的风土人情……

首先迎来的是啸啸的“毕业”。当然，他只是半途离开，为了让他感觉酷一些，我们告诉他，你要从CA毕业了。

手舞足蹈的小朋友们

表演节目

班主任介绍送给啸啸的礼物

毕业典礼放在圣诞节的party上进行，搞完party便是寒假，所以这将是啸啸与同学们的最后一次见面。“你想给小朋友们送点什么再见的礼物呢？”“我的照片！”嘿，这倒是个好主意！于是，花了两个多星期的时间，我手工编织了20多个中国结，将我们全家的照片挂在上面，然后由啸啸讲述，我将他想对每个同学说的话写在照片背后，最后由他签上自己的名字。

Party那天终于到了，唱歌、表演、做游戏，一切“毕业”汇演结束后轮到我们登场。当我从袋子里拿出那一串精心完成的中国结时，时间好像凝固了一般，随即传来跌宕起伏的日本“哇”式赞叹。确实，每一个中国结都是特别的，都包含着啸啸与某个孩子之间最特别的记忆，也蕴藏着妈妈一针一线编出的爱心。每当我念出每张照片背后的话语时，都会迎来全场欢乐的笑声、热烈的掌声和惊讶的感叹：原来小小的啸啸能记住那么多事情！是的，我们本不知道，在孩子小小的脑袋中其实藏着巨大的宝藏，你永远不知道那有多深，也无须知道，只待时机，自有惊喜来袭。

20个中国结，我一个一个念完，啸啸一个一个地送到小朋友和老师的手中。送完最后一个给老师时，老师激动又开心地抱住啸啸说：“Thank you Arobi！Do you know，we also have something for you！（谢谢你啸啸，你知道吗，我们也准备了礼物给你噢！）”

哇，又是一个意外惊喜！只见老师拿出一个筒状的东西，外面被包装纸包裹着。“Guess，what's inside？（猜一猜，里面是什么？）”大家都好奇又期待地望着老师，于是老师示意啸啸上前撕开包装纸，一层一层……哈哈，竟是一件卷起来的印着CAlogo的T-shirt！上面还有班里全体师生的签名！看着这些三四岁孩子歪歪扭扭的签名，我激动万分，因为我看到了这世界上最原本而纯真的情谊。

除此之外，老师还把啸啸在CA期间的全部照片刻成CD送给我们，作

中国结

Ms. Mai
I like to huge you!
Arobi
Dima
I like to play with so much!
Kohta
I want to play with you everyday
Yuto
like to play with you a lot!
Rena
Arobi
Manami
I like to play with you at park!
So
I like to play with u everyday!
Arobi
Ms. Miho
I like to run and catch you!
Arobi
I like to sleep with you together!
Toma
with you!
Arobi
I like u very much!
Ms. White
like you to read for me in the sleeping time!
Arobi
I like to play with you in the kitchen!
Oa
I like to cut things with u!
Hiro
with you!
Arobi

每张照片的背后

为啸啸在此校的永久记忆。

虽然在校时间不长，却是啸啸的第一次上学经历，这对他而言意义深远。用时一年，他从只能和爸爸妈妈沟通到能和各国同学们自如相处，从听不懂一个字到对日语英语儿歌倒背如流，从吃饭要喂、出行要抱到自己吃饭、背书包、春游。如今他有了自己的伙伴，一起踢球，一起游泳，一起玩耍，一起聚会……慢慢地，他不再是个局外人，他用自己的方式融入其中，汲取养料，并逐渐内化为属于自己的能力，在潜移默化中一天天成长进步。

这一年他的变化是明显的，而他的变化很大部分也来自妈妈的改变。妈妈了解到每个孩子都有自己的性格，要努力去感同身受而非强迫改变；妈妈感受到国际学校的教育方式以提出问题、解决问题、培养能力为根本，而非分数竞争、知识填鸭；妈妈明白了做学问先做人，有德方有才，小小成绩不值得炫耀。因此我们很感谢，感谢在这个人均教育资源充足，社会竞争不激烈，老师家长不急躁，儿童备受平等尊重的地方开始了孩子的启蒙教育。环境对一个人的成长如此重要，无论今后身在何方，年幼时被播下的这些平等、礼貌、纪律、坚韧、善良与积极的种子，在啸啸今后的岁月中终会助他长成参天大树，结出累累硕果。

再见！我的教室！

2013 年 12 月

最后一课

虽说要走，却还有很多日常事务没有收尾。今天在俱乐部完成了最后一幅书法作品，刚松一口气，下课后几位太太把我围住说："Julia，听说你要走了，那我们下个月的饺子课还能上吗，盼了好久咯！"

啊，是啊，差点忘了。半年前在俱乐部里刚由学生变老师，教中文、中餐、中国结，正是活跃得风生水起，又承蒙大伙追捧，俱乐部主席一高兴请求我下半年多加些课时，那是自然！被激情冲昏头脑的我满口答应，可是……可是怎么说也没想到半年后就要走了啊！

如今说出去的大话是收不回了。不管怎样努力，我还是一个不会say no的人，从来都是过于乐观，过分热情，说话做事不计后果，以满足他人需求为己任，最后只能勉强自己。不过这样好像也没什么不好，我的生活从来不乏激情，不会无聊，没有遗憾。

查了查日历，最后一节课竟然就在打包搬家的前一天！天哪，真是计划得天衣无缝啊！既然逃不过，倒不如索性就搞隆重一点！

次日，题为“最后一课”的海报贴满了俱乐部的宣传栏：

中餐首席老师

Julia 小姐在本岛的谢幕演出

祖传的私家秘方

正宗的中国饺子

完整的步骤演示

最后的晚餐

舍你其谁？

…………

哈哈，多么有感召力的宣传！我也豁出去了，要做就做好，要搞就搞大！身为完美加形式主义者，最后一课，必须是我的光荣谢幕。

果然，两周后十多个家庭报名，十多个啊！还都是家庭啊！这是我以往一节课平均人数的三倍！我受宠若惊，感谢捧场，咬咬牙，必须的，您哪，就瞧好儿吧！

这下可得来真的了，光靠嘴皮子吹可不行，必须得有点真材实料才对得起慕名而来的众亲们。思索良久，我决定走一步狠棋——请老爸出山。

虽说我在这儿教中餐也有一阵子了，可也就是因为在国外，随便做点啥都能蒙混过去还赢来一堆“点赞”。可说真的，这点儿三脚猫功夫拿到老爸那里根本就啥也不是。老爸是爷爷家中长子，是我们家的大厨，据他自己说他十岁开始就给弟弟妹妹做饭，娶了我妈后给她做饭，后来给我做饭……算到今日也有半个世纪的从业经验了。我的老家在河北，做面食、包饺子正是北方人最家常的饭局。小时候我要是哪一天不知道该吃啥了，老爸就说，包饺子吧！从和面拌馅儿擀皮儿到包，一趟下来，一人搞定，其他所有人就等着吃咯。

为了伺候我坐月子，老爸老妈专门前来。一个月后，老妈走了，老爸思量半天放心不下，终于还是独自留了下来。唉，看看多么深厚的父女感情，又是这么难得的在海外露脸的机会，姑娘我请爹亲自出山应该没问题吧！

可是谁奈他老人家自恃清高，不喜抛头露面，尤其在语言不通环境不熟的地方，更怕被人笑话。加上他年岁已高，要让他赔着笑脸站着操练三个多小时，也确实难为他了。

于是我使出浑身解数攻打他老人家的软肋：中国的饺子走向世界，您这是帮助传播中华文化啊，多有意义啊；大家就是冲着您来的，您要接受来自世界各地学生的膜拜哦，多牛啊；马上回去了，您就当给自己的日本之旅留下一个难忘的回忆嘛，多难得啊……您放心，您只管干，对，我给您搬一凳子，您就坐那闷头干就行，其他都包在我身上！哈哈，人都是爱听好听的不是，老爸越发地自我感觉良好了，被我说得仿佛不去就是对不起祖国对不起大家似的，或许本质上只是因为爱女心切，老爸终于默许了。

好了，有了核心技术，还需要品牌包装。我开始备课。

串流程，写菜谱，设计游戏，准备礼物，购买食材，布置现场……问到食材用量时老爸很无奈，感慨包了几十年的饺子从来不知道面粉到底倒多少，油盐究竟放几克，老外咋就这么笨呢？啸啸倒是来了精神，兴高采烈地同我一起挑选礼物，因为听说他的好几个同学都要来，他准备到时带给他们惊喜；最苦逼的怕是老公吧，全家齐上阵，带妙妙的重任就交给他了！嘿嘿，这正中我下怀啊，哇哈哈！

这个周末如期而至了，9点钟的课，一大早起来准备：先喂饱妙妙，再演练讲稿，然后把面板面杖盖帘儿韭菜肉馅等一切器具食材备齐。准备出发时，已是8:40。好在教室不太远，自行车上推着装备，童车里推着孩子，一路上拖家带口，勉强赶到时，门口竟已有早到的两户人家在等候了。

道歉，开门，一边和早来的鸟儿们彼此问候，一边开始着手布置。一旁的老爸有些把持不住了：“怎么能迟到呢，赶紧吧，赶紧吧，我赶紧来和面吧……”我忙安慰他别太紧张，都是朋友，没有那么严肃，您还是坐着先喝口水，等大家都到了再开始吧。

早到的其中一家是单身妈妈带着女儿。妈妈叫Suizue，日本人，设计师，今年46岁，长得极其惊艳，看到她才懂得原来年纪大了也可以如此美丽，让人心生向往。年轻时的她独自周游列国，在国外的20年时间里依旧乐此不疲，后来有了女儿后方才想要稳定下来，为了给女儿的成长提供稳定的良好的环境而回国。

记得和她第一次见面是在学校的新生家长见面会上，我老远就看到一位身材高挑、气质脱俗的大眼美女，画着浓妆，戴着首饰，更衬得她雍容华贵、高端大气，站在人群中格外抢眼。我一般对化浓妆的女生不太有好感，但是对漂亮的女生倒是很有兴趣，于是主动上前打招呼。结果她一张口更是惊艳：纯正的美式英语啊！你知道在日本会说英语的寥寥，说得这般地道的更是无几。当即就让我自叹不如，对她的好感再度提升。

不料彼此聊起来竟非常投机，我被她独特的气场所吸引，她被我开朗的性格所打动，一晚上我们俩就坐在一起聊，开会结束了还没尽兴，于是约好改日再出来一起喝咖啡。后来的几次见面中她讲完了几十年的人生故事——

她有一个无比强势的母亲和无条件宠她的父亲，小时候看着蓝天有飞机飞过就默默祷告：飞机飞机你快把我带走吧……后来为了逃离母亲的控制，她拼了命地要出国上大学，所幸得到了老爸无条件的支持，然后就这么走了，这一走就是20年。在美国她获得了艺术学士学位后开始建立自己的设计工作室，几年后飞去伦敦，只为去感受另一个不一样的国际都市的气息。后来她的工作室在伦敦出了一款名为“蝴蝶”的包包，上市后几天被一抢而空，她调侃到后来的Anna Sui一定是偷了她N年前的蝴蝶元素。还是在伦敦，她遇到了一个爱她到不能自拔的男人，他们在一起七年时光最后她竟还是选择了离开。问她缘由，她竟说是因为“嫉妒”他，嫉妒他可以有这么一个甘心去爱的人，只要能和她在一起他就无比满足，别无他求。“而我不能，我的所求太多，他不是那个让我奋不顾身甘愿失去自我去成全的人。”

离开了他，离开了伦敦，她回到美国，在这里她的愿望成真了。她遇到了现在女儿的爸爸——一个好莱坞演员。一个花花公子，竟成了那个让她“奋不顾身”的人。一对俊男靓女，走到哪里都是众人羡慕的焦点。某一天，她对他说：“我们是不是该有个孩子了？”他一如既往地阳光地回答：“哦，当然！”孩子出生后不久，某一天，他依旧阳光地对她说：“亲爱的，我想去外面看看了……”她懂他的意思，却仍如往常般微笑地看着他说：“哦，当然。”

或许她对他的爱已经没有原则，失去底线，或许她要的就只是烟花易逝般的绚烂，或许她即使梦想过却不敢真正奢求天长地久，或许她根本不在乎结果，或许她对自己对别人都没有信心，抑或是她终于体会到了之前那个男人的一片真情，如今却只能将其错报他人。

学校的新生见面会一般会邀请父母双方共同参加，当初我曾随口问道：“孩子的爸爸呢？”她微笑着回答：“我没有结婚。”语气淡然、坚定、自信，甚至带着一丝特别的骄傲。我当时惊讶得不知该如何接下去，现在终于有些理解了：她其实是过于独立的女性，不想依赖任何人，亦不愿被任何人所依赖。她只是依靠自己，把握自己。很多人在她的生命中成了过客，过就过了吧，而真正属于自己的，她决不放手，比如事业，比如孩子，还有自己的生活。

不知为何，每每碰到这样的女性时，我总会心生敬意：她们勇敢，独立，坚强；她们欣赏自己，相信自己，努力实现自己；她们做着很多人想做而不敢做的事，她们甚至做着于家庭于社会逆流而上的事，但那又怎样？她们如此活色生香，如此真实坦荡，羡煞旁人，动容天地，更不负自己。你若精彩，天自安排，最终也一定能吸引到真正读懂她们的知己。其实，世间的每个人心中本都有一条属于自己的路，只怪红尘难行，坚守不易，大多后来都改了道，迷了路。

此次前来，Suizue还带来了她的招牌蝴蝶包送给我做礼物。她随时都是那么完美的形象——精妆，挺拔，一贯的微笑，完美的丁字步，她不是刻意为之，这些早已成为她的一种习惯，深入骨髓血液。

另一位早到的哥们叫Greg，是我为数不多的几个男性朋友之一。在岛上，遇到的99%是女性，剩下1%的男性主要由巡警、店员和医生组成，平时方圆几里鲜有男人出现，这让我一度感慨在此地家庭主妇的老公们该是有多放心！而Greg是个例外，八年前只身来日本旅游，然后就戏剧性地认识了现在的太太，于是留在此地。如今他的太太是个朝九晚五的上班族，他自己是个有一朝没一朝的英文老师，和我在国际俱乐部认识。他是个典型的美国人，长得不高不帅却始终自信满满、风趣幽默，好与人搭讪，却也是个实诚人，够意思。记得一次在某个节日庆典上碰到他，他竟提出要和我老公赛跑，老公搞不清楚状况就应付说好吧，结果这哥们来真的，发令后拼了死命地奔跑，然后摔了一跤，拉伤小腿，卧床了两个礼拜。这次也是，他虽报了名却硬是拖着不给俱乐部交学费，俱乐部主席拿他没辙，只提醒我说这个人不怎么靠谱，我呢，想着多一个朋友来捧场，还管什么钱不钱的。结果今天一见面，他立刻把4000块大洋塞在我的手里，只说了一句：“我想让你多赚点。”（俱乐部和我本该3：7分）

9点10分，十几户人家陆续到齐：有蜜月夫妻，有带着双胞胎孙子的

上课

爷爷奶奶，有抱着孩子的主妇，当然也包括这位美丽的单身妈妈和她的女儿，还有小腿初愈的Greg先生。都来了，那就开工吧！

老爸看到这么多人前来显然有些兴奋了，一边有些得意地自言自语：“中国的饺子这么受欢迎啊……”一边撸起袖子准备操练起来。开场后，老爸一边做，我一边讲，其他人有的做笔记，有的拿着照相机拍摄，慢慢地，老爷子越来越high，居然自己开始用中文讲解了起来：“大家来看哈，肉馅里要放些姜丝，姜丝是要这么剁……那个，摄像机，来拍我的手……”边说边比划，有潜质啊老爸！我在一旁窃笑。

很快面和好了，馅儿也拌成了，接下来就该包了。为了鼓舞士气，我说，你们看这饺子的形状啊有很多，有的像月牙，有的像元宝，像我爸这样的老师傅可以一分钟包十个，像你们这样的新手可能十分钟包一个，但都没关系，关键是要把边捏实了别漏，然后就可以尽情打造属于你们自己的形状了！

整个流程演示完毕后，我让大家分成两组，开始比赛。最后要综合考虑饺子的数量和质量，由老爸评出获胜组，有大奖！

大伙儿很快进入了状态，自动分为两组，还有几个耍赖偏要跟老爸一组。赶鸭子上架，男女老少，热火朝天齐上阵！尤其是啸啸和他的同学们加入进来，有模有样地擀着皮儿漏着馅儿，不行再由妈妈们跟着补救。此时此刻，输赢哪里重要，过程已经足够享受！

我一边帮忙一边趁机介绍，其实做中餐很简单，不需要复杂的工具，一双手一副筷子就行；也不要求有精确的测量，靠感觉（sense）拿捏即可。但同时中餐也是不易的，越是没有标准流程的东西越要依靠人的感觉和悟性，要凭“无形”做出色香味俱全的“有形”是不是更厉害？所以，中餐绝对是一门艺术，休想用西餐的套路去框定它。一道菜一百个人有一百个做法，每个人有每个人的风格，师傅领进门，修行在个人啊。

操练起来

洗菜切菜

正包得起劲儿时，老公那边再也撑不住了，妙妙哭着闹着该喝奶了。我只好暂时离开，由老公顶上。

半小时后，我喂奶回来，他们竟然已经吃上了！据汇报刚才的比赛最后是以双胞胎兄弟为队长的A队得到老爸首肯，啸啸还送上了自己亲手包装好的礼品。这还不算什么，更大的惊喜还在后头。等到第八盘饺子上桌时，突然一声惊呼，哈哈，那个被我偷偷包进硬币的饺子终于被山姆大叔吃到了！

“山姆大叔明年一定交好运，发大财哦！”大伙一起欢呼着，最开心的是他的太太。她幽默地说：“鉴于山姆有这么好的财运，我们家不再需要任何财务计划（financial plan）了！”欢笑声中我送上了亲手编织的中国结，真心祝福他们在新的一年吉祥好运。

三个多小时过得也快，酒足饭饱后，这场宴席要散了。感谢俱乐部给我这个机会，更感谢前来捧场的诸位。其实无论是教中国结还是包饺子，都只是形式，重要的是通过它集结了这么多有趣的人，经历了这么多有趣的事。我被每个人的故事感动着，启发着。这些人和事激励着我每一天的生活，帮我续写着人生新的篇章，让我在日本的岁月不再单调孤单。或许我的故事也会留存于他们的心中，成为他们回首时的美好。曲终人散时，告别的是彼此，留下的是回忆。我相信今天不仅会成为我的，也会是很多人脑海中特别难忘的一天。

2013 年 12 月

送别

浮云游子意，落日故人情。

快到年底了，瑟瑟的冬风更加烘托出离别季的凄凉。就在这么一个大风的早晨，我碰见了梁爽。“走之前我们再聚聚吧！”她略带忧伤地说。

梁爽是四川人，我的老乡。刚到岛上不久时一个周末的晚上，远远听到小河边传来夹着中文的欢笑声，我带着啸啸前去一探究竟，然后就发掘出一个中国团，梁爽算是其中的领队吧。

找到组织后，我们就开始被带着参加各种活动，什么家庭野餐啊，带着孩子去游乐园啊，等等。而我们家呢，也逐渐成为组织活动的首选地点，经常开展斗地主、打麻将、涮火锅、BBQ等活动。大家每次过来总会带上各种各样的生活品“支援”我们。渐渐地，我们换上了梁爽家送来的二手大电视，用上了沈姐送来的国产DVD机，从此看上了盗版《甄嬛传》，还有杜姐支援的专门对付严冬的加热地毯，等等。这份浓浓的乡情让身处异乡的我们不再孤单，只有温暖。

谁想到幸福的日子总是如此短暂，上一次相聚还是大家兴高采烈地赶来庆祝妙妙的出生，下一次竟然就是离别，想想都是满怀的伤感。

梁爽说：“这次你们什么都不要准备，我们来安排。”日子就定在两周后，地点就在孩子们学中文的地方。

噢，又是那里。这个中国团的成员可都不简单，要么是当年名牌大学的尖子，拿着国家奖学金留洋；要么是政府里的官员，不甘于坐收俸禄，想要活出自己的另一番天地；还有的是专家学者，为追求学术巅峰而东渡。想当初，他们一定都是下了坚定的决心，放弃了优越的条件，为了心中的梦想，义无反顾地来到这里的。可之后只身拼搏在异乡后的那种种艰辛又有谁人知？他们坚持不懈，历经风雨，几度春秋，如今总算是苦尽甘来，成家立业，扎根于此了。我曾问过，你们还回国吗？他们沉默苦笑，呵呵，想回也回不去了。

一句“回不去了”道尽多少难言的辛酸！这条路有多难走，游子的心有多少泪，怕是只有自己知道。一路上，他们或许也动摇过，怀疑过，甚至逃避过，但最终咬咬牙，咽下泪，抬起头，自己选的路还要自己往下走。时过境迁，如今收获了学业、事业和家庭的他们，再看着自己的孩子出生、长大、上学，异乡或许已成为新的故乡。尽管房子没有国内大，车子不是名牌的，可这已不再是他们想去攀比的东西，他们的学业工作日见成就，生活方式完全融入，对社会环境甚至更加喜爱，日语已然成为孩子的母语。如此，于人于己，可还有什么回去的理由吗？

如果一定要给一个理由，怕就是“中文”了。语言，是最明显的族群标识，最深远的文化传承，本应天然习得，如今却成了这群精英爹娘的心病。孩子打出生的那一天起耳边充斥的就是日语，爸妈工作繁忙，几个月大时他们就被送进保育所，在阿姨们精心照料下，孩子们学到了更多的日语，随后就顺理成章地进入了日本的小学。那时的爸妈或许还在暗喜：再也不用担心孩子听不懂不适应了！

没想到这一喜竟喜过了头。慢慢地，孩子回家也不说中文了，你跟他说中文，他用日语回答你，反正他知道你都听得懂啊；慢慢地，你说中文他竟没反应了，换成日语才明白过来，于是爸妈嫌麻烦索性也直接说起了日语。这下好了，连听说都成了问题，更别说阅读经典、遣文造句了。

想起刚送啸啸上国际学校时老师跟我说的一句话："在家请一定保证跟孩子说母语！"母语是家教的渠道，是一切的基础。掌握了母语，就是掌握了一套语言系统，一种思维方式，就会开始了解自己的文化，就能找到自己的身份认同。而这种认同对孩子今后在纷繁世界中依然能找到自己的位置，建立孩子的安全感和自信心，都至关重要。至于其他的语言的学习自然会随之而上，事半功倍。而若因为担心孩子学不好外语，过早地开始灌输外族信息，就等着某一天他们心中的母国被"谋权篡位"吧。

所幸，还不算太晚。这群当年的高材生因为孩子的中文问题聚到了一起，一拍即合，准备自己给孩子开一个中文班，共同集资，亲自授课！于是，他们千里迢迢找来国内人教版的小学生语文课本，租下课室，定好时间，轮流当老师。中文课就这样开始了。每周末两晚，风雨无阻，当初被我撞见时，他们正好刚刚下课。

表面上是教孩子说中文，内心深处是想说出对中华文化无法割舍的眷恋吧，是想还给孩子一颗赤子之心吧！无论身处何地，无论漂泊多久，"能有今天，是因为我们没有忘记自己的根。"刘大哥说。

孩子们学中文的地方是一栋公寓楼的一层。日本人的房子一般很小，但公共设施齐全，有活动室、游戏室、自习室、图书室等。为这次聚会，大家租到了一间最大的活动室。

送别的大聚餐

两周的时间转眼就随风而逝了。那天，我们照例是抱着妙妙，推着啸啸，扶着老爸，拖家带口，迎着落日，伴着浮云，顶着寒风前去赴约。步行大约十分钟就到了那里，脱鞋，推门，一进去立刻被一阵暖气包围，全身放松，温馨备至。

来到那个超大的活动室，桌椅已在中间围了个圈。按照老规矩，除了贵客，其余各家都带来了菜肴，整整齐齐地已摆满了桌子，什么口水鸡、卤牛肉、凉粉凉面，一看就知道又是刘大哥从自己的中餐馆小灶做出来的，而这次还专门做了川菜，真够意思！

另一群人聚在房间的另一角，闷头忙碌着，甚至都没有注意到我们的到来。我走上前去，拨开一看，嗬，大家竟然又在包、饺、子！既是惊喜，又在意料之中，“出门的饺子进门的面”，永远是华人世界恒久不变的传统与最难割舍的牵挂吧。

于姐，刘哥，曾姐……所有人都在。曾姐带来她家的传统水菜肉馅儿，刘姐施展她的“风火擀面功”，就连平时不怎么下厨的沈姐也甩开膀子来帮厨！老爸看了这架势，二话不说，脱下外衣便加入队伍。此时此景，无须多言，一个眼神就能立即找到自己的位置。

这让我想到在CA国际节的那天，十几口子中国人聚在一起包饺子，不管平时见没见过，一包起饺子马上就熟络了。老外们经过我们的摊位，无一不赞叹这种现做现卖的生意模式：现做现卖，东西又新鲜，感情又融洽。他们说得没错，但他们仍然无法理解我们是怎么做到的。中国人为什么这么喜欢饺子？尤其过年时为啥非得全家老小齐动员，围在一起花上一个晚上包一顿根本吃不完的饺子？他们哪里懂得，为了这个夜晚我们到底等了多久；他们哪里知道，包的过程远比吃的结果享受；他们更不会理解我们只是以饺子之名找到彼此，然后慢慢聊起快要忘却的话题；他们亦不明白，一个小小饺子的完成其实经历了多少道工序，凝结了多少人的心

集体包饺子

告别

血，而最终煮好上桌时，你吃下的哪里还是一个饺子，那是爱的凝聚，是心的牵挂，是一个外人永远解不开的中国结啊。

这边包着，那边的教授——梁爽的老公，还在独自摆弄着什么。我正纳闷时，投影仪突然亮了，雪白的墙壁立刻被投上画面和字幕，耳边传来熟悉的旋律：“像一阵细雨洒落我心底……”啊，是《你的眼神》！天哪，教授竟然把卡拉OK也搬到了这里！自家的音响，学校借的投影机，还配上了旋转球灯！一时间光影四射，音浪阵阵，仿佛回到大学舞厅一样，我已恍惚中忘记自己身在何处了。

“希望能给你们留下美好回忆！”教授看着我，淡淡的一句带过。

活动室很大，另一角还放着钢琴、乒乓球、跳床等供孩子们玩耍。妙妙就在这样热闹的气氛中，独自默默地睡去了。

忙碌了半天，饺子也煮好了，端上桌，梁爽招呼着大家开吃。还是自助的方式，每人拿个盘子，想吃什么夹什么。夹好，坐下，梁爽又说了，“下面，有请韦家代表上来说两句！”

哗啦啦，大家一边鼓掌一边看向我们，我一边跟着鼓掌一边看向老公。于是在众目睽睽下，老公硬着头皮走上前去。

“谢谢大家这一年多来对我们的照顾……刚来这里，举目无亲，很是孤单……后来有幸结识了大家，让我们真正感到了家的温暖……”说得跟小学生发言似的，我在心底偷笑。不过此时此刻，也只有用这些朴素的大白话做演讲，拿彼此间那些温暖的回忆做礼物，才能表达我们最真诚的感谢吧。“这份情谊我们永记于心，我们在坡县的大门也永远向你们敞开！”

举杯相碰，觥筹交错。看着眼前人，想着他们几十年来在此地的努力与拼搏，真是不由得敬佩与感慨。他们大多生于20世纪六七十年代，也是在我这个年龄跨出国门。而在那个年代就有着如此志向，敢于抛弃一切，白手起家，追逐梦想的年轻人能有几个？不仅如此，他们历经磨难，如今已是小有成就时，人却越发谦虚有礼，与人为善。和这些大哥大姐在一起，潜移默化中我也改变了许多：不再那么急功近利，不再那么自以为是，而是变得乐善好施，并对所得心存感激。据说，世间的每一次相聚都是久别重逢，那么感谢上天，让我找到你们。

教授那边的卡拉OK调试完毕后，本以为会有麦霸登场，大家竟开始你推我我推你地“谦让”起来，最后还是一个日本哥们儿，刘姐的老公首先来了一首“路边的野花不要采……”哈哈，老先生煞有介事，一本正经地唱着不那么正经的歌词，他到底知不知道自己在唱啥呢？

有了垫底的，大家不再谦让，逐渐开始进入状态，从《英雄儿女》唱到了《因为爱情》，我唱了首《明天会更好》。这首歌从我十岁时第一次跟爸爸妈妈去卡拉OK时就唱，唱到今天，二十年过去了。唯有这首歌，陪着我看尽潮起潮落，坐等细水长流，它记得我的初心，饱含了我对未来最殷切的期待。我只希望借此景献此情，致谢，祝福。

人生本是由无数次的相见与离别构成的，说是再见，可总有些人就这样再也不会见了，我们又能奈何些什么？唯一能做的就是珍惜每一次的相逢，珍重在一起的时光，努力记录下曾经发生的点点滴滴，让每段经历都成为最特别的故事，让每段旅程都成为最美好的回忆，待到离别之时，也能不带遗憾地挥一挥手，作别故人，让美丽永存，让精彩继续。

唱出你的热情，伸出你的双手。

让我拥抱着你的梦，让我拥有你真心的面孔。

让我们的笑容，充满着青春的骄傲。

让我们期待着明天会更好。

2013年12月

结语 最宝贵的是经历

这一年，从台上的光鲜到幕后的低调，从人前的骄傲到人后的谦卑，从外界的认可满足到内在的滋润成长，我想，比起仍在公司奋战的朋友，在专业技能和工作成就上我没法与之比肩。但是，我这一年的见闻感触与人生经历，或许也是旁人比不了的。

有一天老公说，你以前从不戴表，现在天天在家穿个睡衣还总戴个表干吗？是啊，我说，以前不需要，因为自己的时间早已经被别人占满，每天面对着密密麻麻的outlook calendar，追着做都做不完，还戴什么表？而现在，时间是自己的，每天的各项行程完全由自己掌控安排，我这才发觉，手表，是多么重要！

以前“两耳不闻窗外事，一心只做好经理”，但现在回想起来其实很多时候只是出于对真实生活的逃避。我是那样理所应当、名正言顺地躲在自己的work zoo中，自以为是，聊以自慰，对繁杂的生活琐事不屑过问，全权外包，于是我失去了多少生活的历练，又有多少真实的美好就这样被拒之门外。从一个长不大的好员工到一个全能的好女人，我很庆幸自己正在这条路上前行。

记得大二那年，我们院分到几个交换生的名额，要去韩国交换学习一年。结果成绩好的同学不屑于去：韩国有什么意思啊，要去至少是去美国啊；成绩不好的同学想去也去不了。于是机会就落到我们这些中等生身上。我当时其实很想出去看看，但考虑到要“浪费”一学期的学习时间，回来还要重花时间补修学分，还是蛮有顾虑的，万一耽误太多影响毕业怎么办？后来，我去找了一位我非常敬重的老师征求意见，老师的一句话让我立刻下定决心，并且影响我至今，他说：“我们这一生，最宝贵的是什么？是经历。”

是的，经历。不要过多地在乎眼前利益：学分少了可以再补，工作没了可以再找，可是有些东西，错过了就永远错过了，比如，机会。

于是当年我抓住了当交换生的机会，我去了，然后发现，虽然只是一江之隔的邻居，可是那边的世界真的不一样！我的心灵又开了一扇窗。我在想象之外的环境里，让自己的个性、习惯、世界观接受考验，在冲撞中建立新的格局，学习如何在另一个世界里快乐生活。

半年过后我回校，我不仅收获到了国际化的专业知识，心态更加成熟了，视野也更加开阔了。

至于补修学分，其实远远没有想象中那般严重，只要自己愿意努力便一定能按时补上。于是仅仅一个学期的时间，我便重修完了所有落下的课程，并带着被评为“优秀”的学士论文光荣毕业。

而除了学分，那份经历带给我的影响是继续在学校里无论如何也补不上的。受国外学生社团的影响，我回国后创建了“国际学生交流协会”，成为我校的第一个留学生协会；协会中的种种看似平凡的故事后来成为我申请工作的重要案例，成功打动面试官，我因此成为我校第一个被世界500强企业录取的学生；进入公司那年，我认识了当时最年轻有为风趣幽默的高级经理，一年后他成为我的老公。

所以六年之后，当外派日本的机会到来时，就好像当年的韩国交流机会一样，我们肯定会失去些东西，但是，失去是不是为了更多的收获？

这一年，老二出世，老大上学；

这一年，我进阶主妇，料理家事；

这一年，我呼朋结友，感动彼此；

这一年，我时而上课，时而授课；

这一年，我与家人友人游走于关西各地；

这一年，我还蒙混过关地考过了初级日语水平考试。

这一年我没有工作，却没有荒废。我在一个完全不同的世界中寻找着，努力着，成长着。我不知道今天的所作所为到底能对明天造成怎样的影响，我只相信我现在的每一步都是在搭建通往未来的阶梯。

这一年，我从唯有对工作疯狂，到对家庭的担当，再到如今自我与个人意识的觉醒，我开始问自己：什么才是你想要的生活？我想，这个答案不在各种外挂的评估系统中，而在我们心底那点倔强而朴素的信仰里。

人们一旦选择失去一些东西，一定是为了得到另一些东西。得失之间，不要忘了，什么是可以放下的，什么是不能错过的。

后记

写给正在国外忘乎所以的我

就在我对国外的主妇生活已慢慢适应，生活得有些忘乎所以，即将再次开始循规蹈矩生活的前一天，老公突然说：“哎，再有两个月我的项目就结束了，准备好回去了吗？”噢，我心一惊，时间过得真快！这一年里，纵然收获颇多，改变很大，但，就这样回去了吗？好像还有点不甘；但是，难道一直留在这里吗？

以前的我在事业，不，是职业上，奋斗几载，放手家庭，失去自我；现在的我回归了家庭，完善了自我，却仍旧是不完整的。

我缺的并不是工作，相反，工作成了我再次走向稳定的选项，只是我还不甘于稳定。

我想，我缺的或许仍是继续完善自我的经历，和由此找到能够成就自己的事业。

这一年，结识各界主妇朋友们若干，有的毕业于沃顿商学院，有的曾是沙特航空的空姐，有的是已转完半个地球的时装设计师，有的是收养了三个孤儿的牧师……身边的每个人都像一本书，丰富精彩，令人回味无穷。而我，相比之下年龄最小的我，经历也是最浅的。还有千般事想做，还有万里路要走，折腾不止，只愿不负此生。

想了想，我故作轻松地对老公说："不想回去，我还想读书。""Why？读书有什么用？"老公用他一贯的理科生逻辑思维模式，凡事都要result driven（以目的为导向）。我说："我不知道会有什么用，我只希望通过这个过程让自己变得更好。"

对有些人来说，做每件事情都必须有个目的：学琴是为了考级加分，唱歌是为了比赛出名，学足球是为弥补课业的不足，考研考博是为了找个好工作……而对另一些人来说，享受的正是做这件事的过程，过程正是目的，这么做只是因为喜欢，而结果都是水到渠成的：因为喜欢弹琴而提高了个人修养，因为喜欢唱歌而让自己爱上音乐，因为喜欢踢球而强身健体，因为喜欢钻研而继续在象牙塔里上下求索……我真的很不喜欢"so what"这个短语，好像凡事最终不挂钩到钱、权、利就是在白费功夫浪费时间！

我承认，在这个快速膨胀的商业时代，要做到如圣人般的不求己利、拯救众生是不够格的；要如隐士般与世隔绝、修身养性也是不现实的；儒家不也一直在传授着"入世"哲学吗？但是，无论现实怎样，我都希望在有能力满足一定物质需求的同时，还能永远保持一颗好奇的初心，和努力追逐的热情与毅力：时不时地问一问自己内心的感受，默默跟随内心的声音，时刻保护内心的纯净不受侵犯。即使外面一百个人中有九十九个都在飞扬跋扈地互相践踏，我们还能继续宠辱不惊看庭前花开花落，去留无意望天外云卷云舒。因为，心是怎样的，世界就是怎样的，正如那句话所说："外面没有别人，只有自己。"

所幸这一年在日本，在这个贫富差距不是很大、竞争也不够激烈的国家，在这个男主外女主内的社会，在女孩子不懂点插花茶艺就嫁不出去的地方，在这个“妇人之道”盛行的民族，少了金钱的差距和地位的攀比，少了职场的拼杀与业界的硝烟，外界的优雅与安宁最终给了我很大的帮助，让我去恪守和修炼。至此，我以为，个人的阅历和修养是此生更为重要的功课，而事业和家庭其实都是为了成就此生更好的自己。

只是，这片净土有些太安宁平和，这里的人们有些太安逸礼让，只怕再待下去，会淡忘，甚至阻碍身为女性的我们更多的理想与追求。

还记得当年为了加入公司而放弃出国深造，只是因为老妈希望我快些开始挣钱独立。我无意怪她。我也本以为高薪体面的工作会逐渐填补这份遗憾。可是谁知它一直住在我的心里，时而阵痛，从未离去。而我的心，也一直在等待，在祈祷机会的再次来临。

终于，这一天来了。

那天老公下班后告诉我：“你得逞了，下一站，新加坡！”

写下此文时，我们已在新加坡安顿下来，我也拿到了南洋理工大学国立教育学院的入学通知书。一切又都是新的：家、社区、学校、医院、娱乐……一切又都是不同的：她节奏快速，热闹喧嚣；她竞争激烈，女性强势；她等级分明，多民族融合；她富有而张扬，她法制又严格……这简直就是另一个世界！这里的热情与活力让人振奋，这里的阶级与悬殊又让人质疑；这里的多元和风俗让人陌生，这里的语言和社区又让人感到亲切；这里的嘈杂与诱惑让人不安，这里的诚信与守法又让人安心……这里的种种需要适应，新生活需要再次开启！我一边充分呼吸着崭新的空气，一边准备在毕业即将十年之际，在另一个国家重新开始我的求学之路。

我深深感恩，我殷切期待；我会继续前行，你，可愿与我同行？期盼你的回应。我的邮箱：juliawang1127@gmail.com。

下一本书——《坡县这几年》，敬请期待。

图书在版编目（CIP）数据

新主妇生活 ： 我在日本这一年 / 王小卓著. — 广州 ： 南方日报出版社，2016.8
ISBN 978-7-5491-1447-4

Ⅰ. ①新… Ⅱ. ①王… Ⅲ. ①散文集－中国－当代 Ⅳ. ①I267

中国版本图书馆 CIP 数据核字(2016)第 189015 号

XIN ZHUFU SHENGHUO
新主妇生活——我在日本这一年

著　　者：王小卓
出版发行：南方日报出版社
地　　址：广州市广州大道中 289 号
出 版 人：周洪威
策　　划：周山丹
责任编辑：李佳航
装帧设计：肖晓文
责任技编：王　兰
责任校对：王　燕
经　　销：全国新华书店
印　　刷：广州市岭美彩印有限公司
开　　本：889mm×1194mm　1/32
印　　张：8
字　　数：80 千字
版　　次：2016 年 8 月第 1 版
印　　次：2016 年 8 月第 1 次印刷
定　　价：32.00 元

投稿热线：（020）87373998-0503　读者热线：（020）87373998-0502

网址：http://www.nanfangdaily.com.cn/press　http://www.southcn.com/ebook